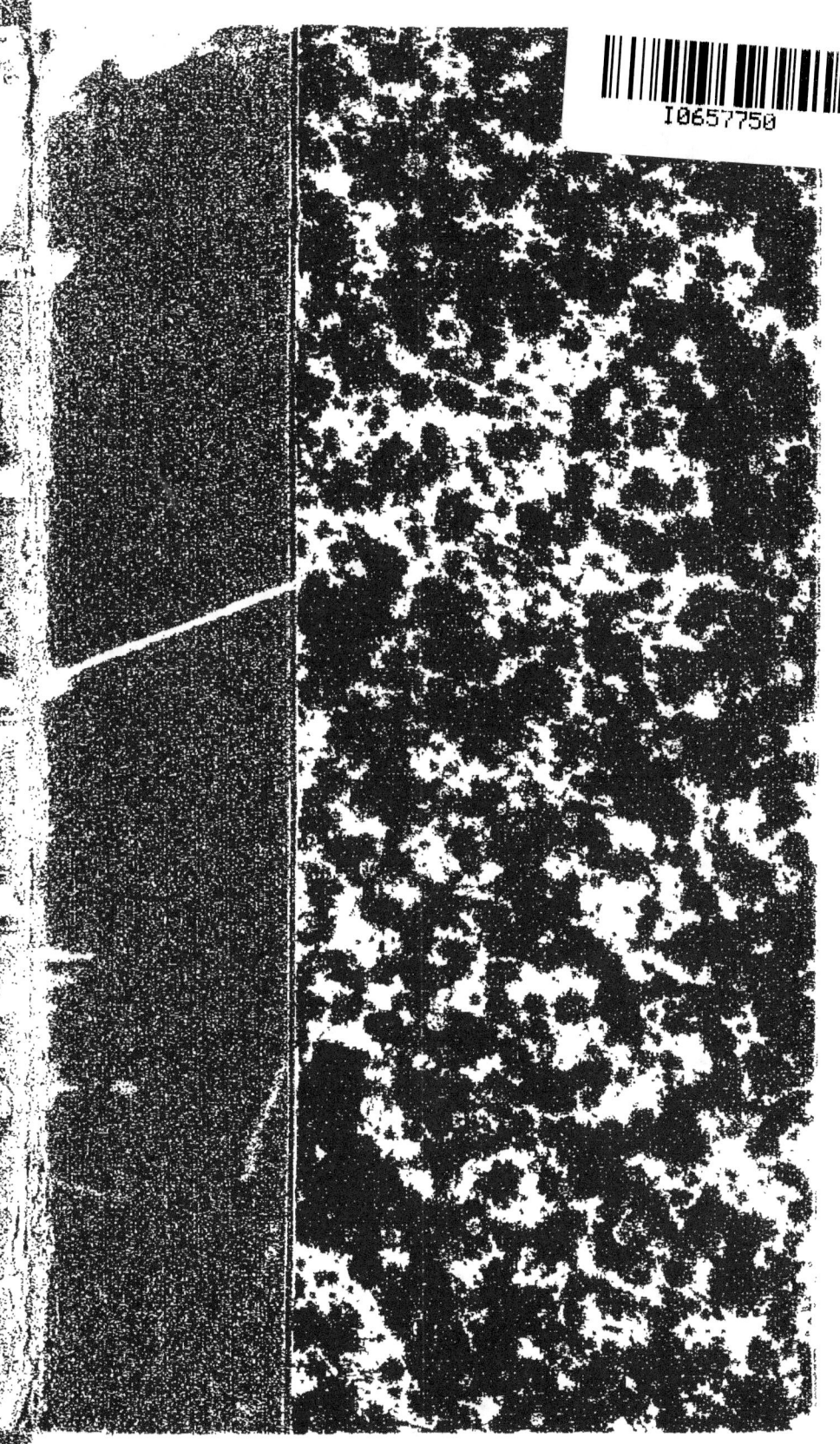

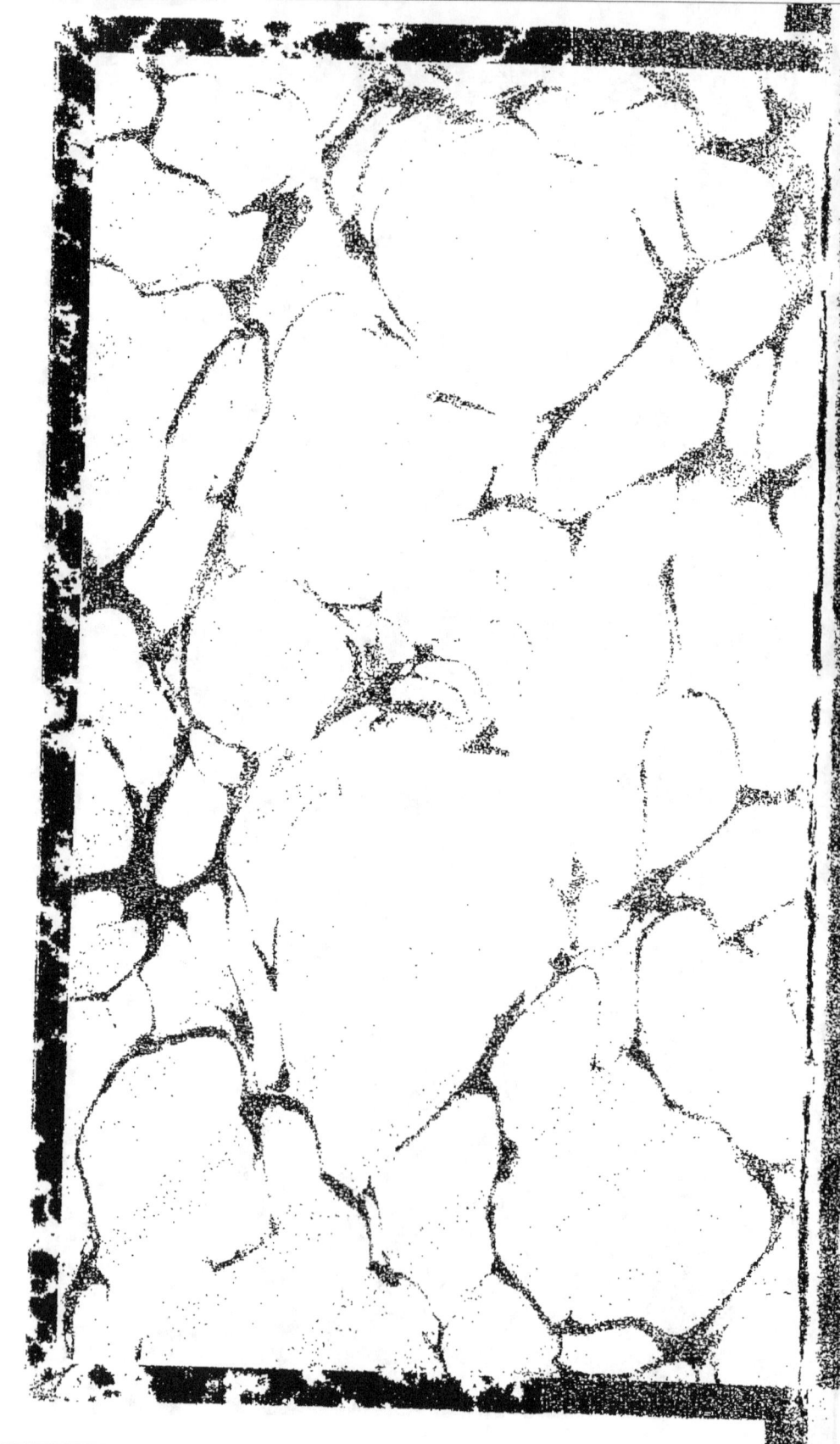

THÉÂTRE

DE

MARIE-JOSEPH CHÉNIER.

TOME DEUXIEME.

THÉÂTRE

DE

MARIE-JOSEPH CHÉNIER,

DE L'INSTITUT NATIONAL.

TOME DEUXIEME.

A PARIS,

DE L'IMPRIMERIE

DE PIERRE DIDOT L'AINE.

AN V DE LA RÉPUBLIQUE.

JEAN CALAS

OU

L'ÉCOLE DES JUGES,

TRAGÉDIE,

*Représentée pour la premiere fois à Paris,
sur le théâtre de la République, le 6 juil-
let 1791.*

2.   1

L E T T R E (*)

DE M. PALISSOT

SUR LA TRAGÉDIE DE CALAS.

L'honneur d'avoir tenté le premier ce sujet difficile appartient incontestablement à
l'auteur. Il est vrai qu'il avait eu l'imprudence
de se confier à des comédiens ; et vous n'ignorez plus , messieurs , qu'il s'est trouvé dans
la classe obscure des gens de lettres des
hommes assez peu délicats pour chercher à
lui en dérober la fleur. L'auteur fut moins

(*) Cette lettre avait été adressée aux rédacteurs
de la *Chronique* , et devait paraître dans le cours
des représentations de la piece : mais les objets de
politique ne permettaient point alors de donner
tant de place à des discussions littéraires.

affecté de ce procédé mal-honnête que du chagrin de voir son sujet indignement profané. Non seulement il le fut en mauvais vers au théâtre du fauxbourg Saint-Germain, mais encore, au théâtre de la rue de Richelieu, en mauvaise prose ; tellement que celui qui en avait conçu la premiere idée, et dont le travail était presque fini long-temps avant que ces messieurs n'eussent barbouillé leurs cane-vas, semblait avoir été devancé par eux, et se traîner à leur suite sur un sujet épuisé.

Le public, à la vérité, sentit bien la diffé-rence du pinceau. Vous l'avez attesté vous-mêmes, messieurs : aucune piece de l'auteur ne fut plus généralement applaudie : mais elle eut moins de succès d'affluence, précisément parceque le sujet, prodigué sans intervalle à deux théâtres, commençait à inspirer une es-pece de satiété. Mais si l'on peut affaiblir pour un temps l'impression d'un ouvrage de génie, l'effet en est indestructible. Ainsi l'on a vu la *Phedre* de Racine se relever plus brillante de l'outrage d'une indigne concurrence; et cette injure, renouvelée avec tant d'audace et par des écrivains si inférieurs à Pradon, devient un motif de plus pour moi de rendre à l'auteur la justice qui lui est due.

J'ose le dire, avec ce sentiment qui m'a toujours animé pour la gloire des arts, je ne connais point d'ouvrage qui présentât plus de difficultés à vaincre, et qui pût donner une idée plus haute du talent capable de les surmonter.

Avoir soutenu le fardeau des cinq actes en commençant cette tragédie précisément où elle devait commencer, le jour même du jugement de Calas; avoir osé mettre en action, ce qui jusqu'alors était sans exemple, un interrogatoire juridique, et en avoir fait une des

plus intéressantes scenes de la piece ; avoir
franchi une difficulté peut-être encore plus
grande, en faisant un honnête homme du juge
qui a le malheur de condamner l'innocence
(et prenez garde, messieurs, que, sans cette
difficulté surmontée, l'ouvrage n'avait plus de
but moral , et ne pouvait plus s'appeler
l'École des juges); c'était assurément avoir
remporté le prix de son art. Mais si vous
ajoutez à ce prodigieux mérite celui que sup-
pose l'invention du personnage de la Salle,
l'un des plus beaux modeles de vertu qui
aient jamais été mis au théâtre, quel rang as-
signerez-vous à l'auteur, qui, en moins de
deux années, des succès de *Charles IX* et de
Henri VIII, s'était élevé à cette nouvelle
gloire? Quelle sublime leçon de morale que
cette piece ! Et, depuis les chefs-d'œuvre de
notre scene, sur quel théâtre avions - nous
entendu une pareille suite non interrompue   .

de beaux vers? Où ce jeune auteur, à qui l'on disputait la sensibilité, a-t-il puisé cette foule de sentiments exquis, délicieux, sublimes, sans aucune ostentation, et uniquement par leur extrême vérité? De quelles richesses il a su semer un sujet en apparence si stérile, et dont l'action n'égale, pour ainsi dire, que la durée de la représentation! Quel tableau que celui des cruautés de Baville en Languedoc, et des funestes effets de la révocation de l'édit de Nantes! Quelle savante opposition que celle des deux portraits de Louis XIV! Enfin quel magnifique éloge de Voltaire, et qu'il se trouve heureusement placé dans une des plus glorieuses époques de sa vie!

Oh! je sens que je n'écouterais jamais avec patience l'homme injuste qui se permettrait des propos légers, non sur le talent, mais sur le caractere moral du jeune poëte qui a su rendre la vertu si respectable, et qui a trouvé dans son cœur cette abondance de sentiments puisés dans la plus belle nature.

Cependant, il faut l'avouer, ce n'est pas à lui seul que nous devons tout le plaisir que nous a fait son ouvrage : il a été secondé par le talent le plus digne du sien. Quiconque n'a pas vu Monvel dans le personnage de Calas ne connaît qu'imparfaitement le talent supérieur de cet acteur célebre. Je me plais d'autant plus à lui rendre cette justice, que j'avais eu le malheur de me laisser prévenir contre lui. On m'avait dit (peut-être avec plus de perfidie que de vérité, mais enfin j'avais eu la faiblesse de croire) qu'il avait cherché à nuire au succès d'un de mes ouvrages. Je déclare que j'ignore et que je veux ignorer si réellement il a eu ce léger tort envers moi ; mais je ne m'en accuse pas moins d'injustice à son égard, et je la répare autant qu'il est en moi par l'aveu que j'en fais. Si le public m'a fait l'honneur d'adopter quelquefois mes juge-ments, je crois me donner de nouveaux droits à sa confiance en lui prouvant qu'une ré-tractation n'est qu'un plaisir pour moi quand je reconnais que des préventions ont pu m'é-garer. Oui , Monvel , j'aime à vous té-moigner publiquement l'estime que je fais de vos talents , et à vous dire que vous serez toujours compté parmi les plus grands maîtres de votre art. Je vous ai admiré sur l'une et l'autre scene ; mais vous ne m'avez jamais paru plus sublime que dans ce personnage de Calas, infiniment plus intéressant à mon gré que celui de Socrate.

Qu'il me soit permis de revenir encore un moment à l'ouvrage que vous avez si bien fait valoir. Par quelle heureuse magie un su-jet qui pouvait ne sembler que sombre et atroce a-t-il pu devenir si touchant? Com-

ment l'auteur est-il venu à bout de réaliser
son propre vers,

Qu'il soit attendrissant, qu'il ne soit point horrible?

C'est sans doute par le caractere de constance
et de dignité qu'il a su donner au personnage
de son héros. C'est lui, c'est la victime elle-
même qui console pendant toute la piece
tous les infortunés qui prennent part à son
malheur ; c'est lui qui, dans la situation
la plus terrible, entouré de sa femme et
de ses enfants, étend encore sa sensibilité
sur une servante qui pleure, et dont le rôle
a été parfaitement bien rempli. Enfin c'est
le sommeil de Calas dans sa prison, ce
sommeil tranquille de l'innocence opprimée,
mais soumise aux ordres de la Providence,
qui a produit une scene d'une beauté si neuve
et si touchante, une scene qui adoucit la terreur ; et le public, au lieu d'un spectacle

atroce, ne voit plus dans cette paix du juste
qu'un spectacle digne des regards de Dieu
même. Eh! quoi de plus beau, de plus grand,
de plus auguste, dit Sénèque, que l'ame
d'un juste luttant avec sa seule vertu contre
tous les orages de l'adversité?

PERSONNAGES.

JEAN CALAS.

Mme CALAS.

PIERRE CALAS; ⎰ fils de Jean Calas.
LOUIS CALAS,   ⎱

LAVAÏSSE.

LA SERVANTE.

CLÉRAC,   ⎰ juges.
LA SALLE, ⎱

LE RELIGIEUX.

LE GEOLIER.

LE PEUPLE.

JUGES.   ⎰ Personnages muets.
UN GREFFIER. ⎱

La scene est dans la ville de Toulouse.

JEAN CALAS

o u

L'ÉCOLE DES JUGES,

TRAGÉDIE.

ACTE PREMIER.

Le théâtre représente une place publique.

SCENE PREMIERE.

CLÉRAC, LA SALLE.

LA SALLE.

LAISSEZ-MOI.

CLÉRAC.

Vous fuyez.

LA SALLE.

Je fuis des criminels.

CLÉRAC.

Où sont-ils?

LA SALLE.

Dans le temple, au pied des saints autels.

CLÉRAC.

Que dites-vous?

2,　　　　　　　　2

LA SALLE.

Qu'un peuple affamé de carnage
Veut rendre un Dieu clément complice de sa rage.

CLÉRAC.

Je reconnais en vous le soutien des Calas.

LA SALLE.

Oui, je les soutiendrai ; je ne m'en défends pas.

CLÉRAC.

Ce grand zele du moins ne peut-il se contraindre ?

LA SALLE.

Ils sont infortunés ; nous devons tous les plaindre.

CLÉRAC.

Il est vrai.

LA SALLE.

Nous sur-tout qui devons les juger.
Je les crois innocents ; et je ne puis songer
Qu'un frere en sa fureur ait égorgé son frere,
Ou qu'un fils ait péri sous la main de son pere.

CLÉRAC.

Vous, qui me soupçonnez de quelque aveuglement ;
Vous, qui, d'un parricide étonné justement,
Le jugez impossible, et refusez d'y croire,
Faut-il de vos discours rappeler la mémoire ?
Cent fois je vous ai vu, les yeux baignés de pleurs,
Des superstitions raconter les fureurs.
Je n'ai point, comme vous, goûté dès ma jeunesse
Les principes hardis d'une altiere sagesse :
Dans ma religion rien n'est douteux pour moi,

Et ma raison fléchit sous le joug de la foi:
Mais je puis concevoir qu'un zele fanatique
Arme contre son fils la main d'un hérétique.
Je sais qu'en votre cœur Dieu seul est adoré ;
Que Dieu seul à vos yeux est un objet sacré.
« En tous lieux, disiez-vous, nos malheureux ancêtres
« Ont toujours épousé les passions des prêtres ;
« Et, toujours ajoutant au culte de l'autel,
« Les humains ont gâté l'œuvre de l'Éternel. »
Quoi! monsieur, ce fléau si grand, si redoutable,
Quoi! des religions ce mal inévitable,
Au culte protestant serait-il étranger,
Ou l'esprit d'une secte aurait-il pu changer?

LA SALLE.

Non, non ; le fanatisme enfante tous les crimes ;
Sans égard et sans choix il frappe ses victimes ;
Du sang, de la nature, il fait taire la voix :
Mais, pénétrant aussi dans le temple des lois,
Souvent, vous l'avoûrez, sa terrible puissance
Aux mains des magistrats fait pencher la balance.

CLÉRAC.

Terminons un discours qui pourrait nous aigrir.

LA SALLE.

Oui, parmi vos pareils hâtez-vous de courir.
Au sein de nos remparts de zélés catholiques
Jadis ont immolé des milliers d'hérétiques :
Une fête annuelle est l'affreux monument
Qui retrace à nos yeux ce grand évènement ;

De ces meurtres sacrés c'est le jour séculaire.

CLÉRAC.

J'ai quitté de Bruno le cloître solitaire;
A mes concitoyens je viens me réunir,
Et célébrer comme eux ce sanglant souvenir.

LA SALLE.

Eh bien! jouissez donc de cette horrible image;
Par d'homicides vœux célébrez le carnage;
Joignez-vous au vulgaire, et rendez grace aux cieux
Des forfaits qu'autrefois ont commis vos aïeux.

CLÉRAC.

Modérez ces transports.

LA SALLE.

                    Déplorables contrées,
Aux superstitions si constamment livrées,
Hélas! de vos revers quand finira le cours?
Le terme en est-il proche? ou verrai-je toujours
Des citoyens, poussés par un zele bizarre,
Excusable pourtant quand il n'est point barbare,
Porter publiquement, en signe de douleur,
Des vêtements hideux sous diverse couleur?
Vous, juge, initié dans ces sombres mysteres,
Osez-vous approuver la fureur de vos freres?
Pourquoi donc ces devoirs, ces honneurs solemnels
Qu'obtient le suicide au pied de vos autels?
Pourquoi ces chants cruels, ces accents funéraires,
Qui sont des cris de rage, et non pas des prieres?
Pourquoi de ce cercueil le spectacle effrayant,

Et d'Antoine Calas le squelette sanglant?
Il saisit d'une main la palme du martyre,
Et, les doigts étendus, l'autre main semble écrire.
Il devait, nous dit-on, sous les regards de Dieu,
D'un culte plein d'erreur signer le désaveu :
Fais au moins, Dieu puissant, que sa main sanguinaire
Ne signe point la mort de son malheureux pere !

CLÉRAC.

Si l'on eût de l'état consulté les besoins,
Vos yeux de ces objets ne seraient pas témoins.
Toujours les protestants ont divisé l'empire :
Par de séveres lois il fallait les détruire.

LA SALLE.

Ami de la justice, est-ce vous que j'entends?

CLÉRAC.

Est-ce vous qui seriez l'appui des protestants?
Voyez ces factieux, hardis dès leur naissance,
Par vingt ans de combats affermir leur puissance;
Vaincus par Médicis, quelquefois triomphants,
Ils ébranlaient le sceptre aux mains de ses enfants.
Henri Quatre et son fils reçurent en partage
De ces dissensions le sanglant héritage :
Ami d'un seul pouvoir, le profond Richelieu
Défendit la querelle et du trône et de Dieu.
Il mourut; mais bientôt ce siecle vit paraître
Un roi qui sut parler, qui sut agir en maître,
Et qui, pour maintenir sa juste autorité,
Employa la constance et la sévérité.

2.

Ce monarque imposant jusques dans ses faiblesses,
Gouverné par la gloire, et non par ses maîtresses,
Voulant de son royaume augmenter la splendeur,
Sous la religion fit fléchir sa grandeur :
Il connut les rigueurs de sa morale austere ;
Un saint zele dicta cet édit salutaire
Qui livrait l'hérésie au glaive de la loi.
Que n'a-t-on conservé l'esprit de ce grand roi !

LA SALLE.

Ainsi vous exaltez les crimes de vos princes !
Oubliez-vous le sort de ces tristes provinces ?
Pontifes, magistrats dressant des échafauds,
Nos peres convertis à la voix des bourreaux,
Abandonnant leurs biens, errant de ville en ville,
Massacrés dans nos murs sous les yeux d'un Baville,
Dans la nuit des cachots entassés par Louvois ;
Quelques uns, en troupeaux fuyant au fond des bois,
Poursuivis dans le creux des vallons solitaires,
Au bruit du plomb mortel chassés de leurs repaires,
Tels que ces animaux que l'homme en son loisir
Égorge de sang froid par un affreux plaisir !
Oubliez-vous enfin notre Septimanie,
Jouet du fanatisme et de la tyrannie,
Déplorant les trésors de ses champs dévastés,
Et le deuil éternel de ses riches cités,
Ses beaux arts transplantés sur la rive étrangere,
Et ses nombreux enfants arrachés à leur mere ?
Louis, cet ennemi de toute liberté,

Plus flatté que chéri, plus craint que respecté,
Imprimant à l'Europe une terreur profonde,
Obtint le nom de grand par le malheur du monde.
Entouré soixante ans et de pompe et d'ennui,
Il crut que les humains n'étaient faits que pour lui :
La France, qu'appauvrit son luxe despotique,
Le vit fouler aux pieds la majesté publique,
Des impôts accablants appesantir le faix,
Et nourrir son orgueil du sang de ses sujets.
Il ne peut être absous par quarante ans de gloire ;
La misere du peuple a flétri sa mémoire :
Son regne avait causé de publiques douleurs ;
Mais le jour de sa mort n'a point coûté de pleurs.

SCENE II.

CLÉRAC, LA SALLE, LOUIS CALAS,
LE RELIGIEUX.

LOUIS CALAS.

Ô ministres des lois, soutiens de la justice,
Vous ne souffrirez point qu'un innocent périsse.
Mille objets effrayants sont encor sous mes yeux ;
Ces pénitents, ce deuil, ces prêtres furieux,
Et ce fantôme affreux, restes d'un suicide,
Qu'une sanglante erreur condamne au parricide.
Au premier des martyrs le temple consacré
Est-il donc aux bourreaux impunément livré ?

Ah! mon pere est proscrit; son supplice s'apprête;
Le peuple me poursuit, en demandant sa tète.
Je viens auprès de vous; je me jette en vos bras.

CLÉRAC.

Quoi! c'est un des enfants...

LE RELIGIEUX.

Du malheureux Calas.

CLÉRAC.

Et que veut-il de moi? Son fils! un hérétique!

LE RELIGIEUX.

Presque dès son enfance il devint catholique.

CLÉRAC.

Lui!

LE RELIGIEUX.

Grace à l'Éternel, qui s'est servi de moi,
Ses yeux sont éclairés du flambeau de la foi.

LOUIS CALAS.

Et du plus grand forfait on accuse mon pere!
Si d'un tel changement il eût puni mon frere,
Si dans le sang d'un fils son bras s'était baigné,
J'étais plus criminel; m'aurait-il épargné?
Maintenant donc jugez, amis de l'innocence,
Amis de la raison, prononcez la sentence.

CLÉRAC.

Vos discours et les pleurs que je vous vois verser,
Jeune homme, à votre sort tout doit m'intéresser:
Mais enfin je suis juge, et ne puis vous entendre:
L'arrêt viendra trop tôt; c'est à vous de l'attendre.

(*Il sort.*)

SCENE III.

LA SALLE, LOUIS CALAS,
LE RELIGIEUX.

LOUIS CALAS, *au Religieux.*

SORTONS d'ici.

LA SALLE.

Pourquoi craignez-vous de rester ?
Comme lui je suis juge, et veux vous écouter.

LOUIS CALAS.

Vous ne m'opposez pas un visage sévère :
Vous êtes jeune encore, et vous avez un pere.

LA SALLE.

Non, j'ai perdu le mien ; mais il me reste un cœur
Qu'il forma vertueux et sensible au malheur.

LE RELIGIEUX.

Je vois courir vers nous ce peuple qu'on égare.

LA SALLE.

Et c'est la loi d'un Dieu qui rend l'homme barbare !

SCENE IV.

LA SALLE, LOUIS CALAS, LE RELIGIEUX, LE PEUPLE.

LE PEUPLE.

Oui, le voilà, c'est lui ; c'est un fils de Calas.

LA SALLE.

Citoyens, écoutez.

LE PEUPLE.

Ne le protégez pas.

LA SALLE.

Qu'a-t-il donc fait?

LE PEUPLE.

Le ciel demande un grand exemple.

LA SALLE.

Mais enfin qu'a-t-il fait?

LE PEUPLE.

Il est sorti du temple....

LA SALLE.

Eh bien?

LE PEUPLE.

Nous l'avons vu, cachant mal sa fureur,
Sortir en détournant les yeux avec horreur.
Il a trempé, sans doute, au meurtre de son frère :
Il est temps d'immoler les enfants et le père.

LE RELIGIEUX.

Il faut donc, citoyens, nous immoler tous trois.

LA SALLE.

Ministre des autels et ministre des lois,
Jusqu'au dernier soupir nous prendrons sa défense.

LOUIS CALAS.

Laissez-leur terminer mon horrible existence.

LE RELIGIEUX.

Cet homme est innocent : ne le voyez-vous pas ?

LE PEUPLE.

Peut-il être innocent, lui, le fils de Calas ?

LA SALLE.

S'il faut pour vous fléchir parler en fanatique,
Cet homme est innocent, puisqu'il est catholique.

LE PEUPLE.

Il doit donc abhorrer des parents criminels.

LA SALLE.

Tous les cœurs ne sont pas injustes et cruels.

LE PEUPLE.

Ses parents ont du ciel mérité la colere,

LE RELIGIEUX.

Le ciel n'ordonne pas de détester son pere.

LE PEUPLE.

Un de nos magistrats dans un cloître sacré
Pour ce procès fameux s'est long-temps retiré :
Inspiré par les cieux, ce juge irreprochable
A dit publiquement : « Jean Calas est coupable. »

LA SALLE.

Un homme, dites-vous, par les cieux inspiré!
Bon peuple, eh! c'est ainsi qu'ils vous ont égaré.

LE PEUPLE.

Les juges irrités frapperont la victime.

LA SALLE.

Eh quoi! n'ont-ils jamais condamné que le crime?
Au sang d'Urbain Grandier leurs bras se sont baignés.

LE PEUPLE.

Tous nos prêtres, comme eux justement indignés....

LA SALLE.

Repoussez loin de vous ces prêtres sanguinaires
Qui vous font desirer le trépas de vos freres,
Qui, d'orgueil enivrés, prêchent l'humilité,
Qui du sein des trésors prêchent la pauvreté,
Et qui, trompant toujours et dévastant la terre,
Servent le Dieu de paix en déclarant la guerre.

LE PEUPLE.

Eh bien! le tribunal est prêt à s'assembler:
Vous êtes magistrat, vous pouvez y parler:
En faveur des Calas courez vous faire entendre.

LA SALLE.

N'en doutez point; j'y vole, et c'est pour les défendre.

LE PEUPLE.

Comment! vous oserez, par le zele emporté....

LA SALLE.

Tout pour ma conscience et pour la vérité.

LE PEUPLE.

Courons hâter l'arrêt d'une race coupable.

LA SALLE.

Allez , et demandez un arrêt équitable.

(*Le peuple sort.*)

SCENE V.

LA SALLE, LOUIS CALAS,
LE RELIGIEUX.

LOUIS CALAS.

Ô mon libérateur !

LA SALLE.

       Vous , jeune infortuné,
Venez sous l'humble toit que le ciel m'a donné.
Sans consumer ma vie au fond des sanctuaires ,
Je tâche d'être humain ; ce sont là mes prieres.

LE RELIGIEUX.

Vos vœux et votre encens sont les plus précieux :
Tout mortel bienfaisant est un prêtre des cieux.
Aimer le genre humain , secourir la misere ,
C'est la religion, c'est la loi tout entiere ;
C'est le précepte saint que Dieu même a dicté :
Son culte véritable est dans l'humanité.

Fin du premier acte.

2.   3

ACTE II.

Le théâtre représente la salle du parlement.

SCENE PREMIERE.

CLÉRAC, LA SALLE, LES AUTRES JUGES, UN GREFFIER.

CLÉRAC.

Bientôt les accusés en ces lieux vont paraître:
Ce moment de leur sort va décider peut-être.
Vous voyez les desirs de ce peuple pieux:
Il attend votre arrêt; il a sur vous les yeux;
Pensez-y bien. Souvent l'énormité du crime
Rend le juge incrédule, et sauve la victime.
Par des préventions ne soyons point troublés.
Le ciel, qui nous entend, qui nous voit rassemblés,
A qui nous répondrons de notre ministere,
Dit à chacun de nous d'être un juge sévere,
De ne point profaner la sainteté des lois,
D'être sourd à la plainte, et de venger ses droits.

LA SALLE.

Venger les droits du ciel! Insensés que nous sommes,
Ne donnons point à Dieu les passions des hommes.

Il ne commande point tant de sévérité :
Ce Dieu, dont un cœur dur méconnaît la bonté,
Dit à chacun de nous d'être un juge équitable,
De haïr le forfait, de plaindre le coupable,
D'accueillir l'accusé d'un œil compatissant,
Et de ne point verser le sang de l'innocent.

SCENE II.

CLÉRAC, LA SALLE, LES AUTRES
JUGES, UN GREFFIER, JEAN CALAS,
Mme CALAS, PIERRE CALAS, LA-
VAÏSSE, LA SERVANTE.

CLÉRAC.

Approchez.

LA SALLE.

Leur aspect me fait verser des larmes.

JEAN CALAS.

Tout terrible qu'il est ce moment a des charmes :
Épars dans les cachots depuis près de six mois,
Nous voilà réunis pour la première fois.

MADAME CALAS.

Mon époux !

LAVAÏSSE.

Mon ami !

LA SERVANTE.

Mon cher maître !

PIERRE CALAS.

Mon pere!

JEAN CALAS.

Ces noms étaient bien doux dans un temps plus prospere.

CLÉRAC.

Répondez. De Calvin vous professez la foi?

JEAN CALAS.

Oui, depuis mon berceau.

CLÉRAC.

Quel était votre emploi?

JEAN CALAS.

Par les travaux constants d'une utile industrie,
Ainsi que mes aïeux, j'ai servi la patrie.

CLÉRAC.

Votre âge et votre nom?

JEAN CALAS.

Vous ne l'ignorez pas:

J'ai soixante-neuf ans; mon nom est Jean Calas.

CLÉRAC.

Êtes-vous étranger?

JEAN CALAS.

J'ai vu le jour en France.

CLÉRAC.

En quel lieu?

JEAN CALAS.

Dans ces murs j'ai reçu la naissance.

CLÉRAC, *à madame Calas.*

Et vous?

MADAME CALAS.

J'ai vu le jour chez un peuple vanté
Pour ses lois, pour ses mœurs, et pour sa liberté.

CLÉRAC.

Ce peuple quel est-il? Ce n'est pas me répondre.

MADAME CALAS.

Eh bien! je suis Anglaise, et je naquis dans Londre.

CLÉRAC.

Et le nœud qui vous joint dure depuis trente ans?

JEAN CALAS.

Il est vrai.

CLÉRAC.

Vous avez encor plusieurs enfants?

MADAME CALAS.

Grace à notre union, bien tristement féconde,
Six malheureux de plus ont gémi dans le monde;
Deux filles, quatre fils.

CLÉRAC.

Et ceux qui sont vivants
Habitent-ils ces lieux? sont-ils tous protestants?

JEAN CALAS.

L'un d'eux est catholique; et, dans son premier zele,
Ayant voulu quitter la maison paternelle,
De ses parents encore il éprouve les soins;
Un tribut annuel suffit à ses besoins:
Il traîne sur ces bords sa pénible existence.
Le second de nos fils est en votre présence;
Et le troisieme enfin, le plus jeune de tous,

5.

Sur les bords genevois fut envoyé par nous.

MADAME CALAS.

Mes filles nous rendraient nos malheurs supportables.
Sous le champêtre toit de parents respectables
Leurs beaux jours s'écoulaient loin du toit paternel,
Lorsqu'Antoine a conçu son projet criminel:
Cependant, comme nous, elles sont prisonnieres:
Mes filles, s'abreuvant de larmes solitaires,
Expirent jour et nuit dans un cloître inhumain,
Loin de leur mere, hélas! qui les appelle en vain.

CLÉRAC, à *Pierre Calas.*

Parlez, fils de Calas; il faut aussi connaître
Et votre âge et les lieux où le sort vous fit naître.

PIERRE CALAS.

Je suis né dans ces murs; j'ai vingt ans accomplis.

CLÉRAC, à *Lavaïsse.*

Et vous?

LAVAÏSSE.

Un an de moins; Toulouse est mon pays.

CLÉRAC.

Est-ce de vos parents la demeure ordinaire?

LAVAÏSSE.

C'est là que de tout temps a résidé mon pere.

CLÉRAC.

Ses jours ne sont-ils pas consacrés à la loi?

LAVAÏSSE.

Il s'est rendu fameux dans l'honorable emploi
De défendre au barreau les droits de l'innocence,

Et le faible opprimé chérit son éloquence.

CLÉRAC, *à la servante.*

Vous, femme qui pleurez, qui gémissez tout bas,
Approchez; répondez : vous serviez Jean Calas?

LA SERVANTE.

Il est vrai.

CLÉRAC.

Cependant vous êtes catholique.

LA SERVANTE.

Grace au ciel.

CLÉRAC.

Vous pouviez servir un hérétique !

LA SERVANTE.

J'ai vécu bien long-temps; mais je n'ai point connu
D'homme plus généreux, plus rempli de vertu.
Mon maître et son épouse ont aidé l'infortune ;
Ils n'ont jamais trouvé sa demande importune.
Lorsque j'entrai chez eux, au pied de leurs autels
Ils venaient de s'unir par des nœuds solemnels.
Hélas! deux ans après, le ciel, en sa colere,
D'un époux fortuné fit un malheureux pere.
Je cultivais les fruits de ce tendre lien,
Et le cœur maternel se confiait au mien.
Mes yeux furent témoins du jour de leur naissance;
Ces mains que vous voyez ont bercé leur enfance.
Pour mes soins chaque jour recevant des bienfaits,
J'ai vu dans la maison l'innocence et la paix.
Je ne m'attendais pas, non plus que vous, mon maître,

Que je verrais mourir l'enfant que j'ai vu naître,
Ni qu'un jour des parents si bons et si chéris
S'entendraient accuser du meurtre de leur fils.

CLÉRAC.

Retracez-nous, vieillard, l'évènement funeste.

JEAN CALAS.

Je vais donc ranimer la force qui me reste.

(*Montrant Lavaïsse.*)

Ce jeune homme à nos yeux est un de nos enfants ;
La plus tendre amitié me joint à ses parents :
Ce sont des nœuds formés depuis quarante années.
Il avait dans Bourdeaux passé quelques journées ;
De retour en ces murs il venait nous revoir ;
Nous étions réunis pour le repas du soir,
Ma femme auprès de moi, lui, mon second fils Pierre,
Et ce fils dont la mort perd sa famille entiere.
Je me trouvais heureux environné des miens ;
Et le temps s'écoulait en ces doux entretiens
Sans suite et sans apprêt, dont le désordre aimable
Reçoit de la nature un charme inexprimable.
Antoine, cependant, rêveur, préoccupé,
Semblait d'un grand dessein profondément frappé.
Nous nous levons ensemble.

PIERRE CALAS.

Y pensez-vous, mon pere ?
Avez-vous oublié que mon malheureux frere
Venait de nous quitter depuis quelques instants ?

LAVAÏSSE.

Antoine est sorti seul.

JEAN CALAS.

Il est vrai, mes enfants.
J'ai peine à surmonter le trouble qui m'accable :
Pardon !

CLÉRAC.

Vous hésitez : vous êtes donc coupable ?

LA SERVANTE.

Il ne l'est point. Son fils a dirigé ses pas
Aux lieux où se faisaient les apprêts du repas.
Je me rappelle bien l'époque infortunée ;
Octobre finissait sa treizieme journée ;
Les orages fréquents et la fraîcheur de l'air
Nous annonçaient déja l'approche de l'hiver.
Il entre : sa tristesse a causé ma surprise.
Près de l'ardent foyer j'étais alors assise.
« Approchez-vous ; le froid fait sentir sa rigueur, »
Lui dis-je. Il me répond, d'un air sombre et rêveur,
« Je brûle ». Après ces mots, que je ne pus comprendre,
D'un pas précipité je l'entendis descendre.

CLÉRAC.

Continuez, vieillard.

JEAN CALAS.

L'heure vint avertir
Que notre ami devait nous quitter et partir.
Il voulait la nuit même aller trouver l'asyle

Que son pere possede auprès de notre ville.
Nous réveillons mon fils qui s'était endormi.
Va, dis-je, mon enfant, éclairer notre ami.
Mon fils prend la lumiere, et tous deux ils descendent.
Des cris l'instant d'après et des sanglots s'entendent :
Moi-même alors j'accours, pâle et saisi d'effroi ;
Mon épouse me suit plus tremblante que moi.
Mais de mon premier né quel destin déplorable !
Quel sujet de douleur et profonde et durable !
Quel spectacle effrayant se présente à nos yeux !
Le pourrai-je achever ce récit odieux ?
Mon fils.... Je vois tes pleurs, ô toi qui fus sa mere !
Vous tous qui me jugez, prenez pitié d'un pere ;
Songez à la victime, et ne m'ordonnez pas
De m'arracher le cœur en peignant son trépas.
Mon fils... je meurs... mon fils...

LA SALLE, *courant soutenir Jean Calas.*

Il chancelle, il succombe.

JEAN CALAS,

Je devais avant toi descendre dans la tombe.
Mon fils !

MADAME CALAS.

De sa douleur nous le verrons mourir.

LA SERVANTE.

Calmez-vous, mon cher maître.

LA SALLE,

On doit le secourir.

CLÉRAC, *à la Salle.*

Un juge aux passions doit être inaccessible.

LA SALLE.

Je renonce à juger s'il faut être insensible.

JEAN CALAS, *reprenant ses sens:*

Eh quoi! je puis encor me trouver dans vos bras!

(*à la Salle.*)

Mais vous pleurez aussi!

MADAME CALAS.

C'est un des magistrats.

JEAN CALAS, *à la Salle.*

Je vous plains.

CLÉRAC, *à Pierre Calas.*

Achevez. Qu'ordonna votre père?

PIERRE CALAS.

« Va, me dit-il, va, cours, cherche à sauver ton frere;

« Mais cache bien sur-tout qu'il a tranché ses jours. »

Je vole en gémissant implorer des secours.

Hélas! nous espérions qu'une main bienfaisante

Ranimerait encor sa chaleur expirante.

On vient : l'art se consume en efforts superflus,

Et nous rend pour tout fruit ces mots : « Il ne vit plus. »

CLÉRAC, *à madame Calas.*

Et le chef de la ville alors vint vous surprendre?

PIERRE CALAS.

J'ai couru l'avertir.

CLÉRAC, *à Pierre Calas.*

Je viens de vous entendre.

JEAN CALAS,

(à madame Calas.)
C'est vous que j'interroge, épouse de Calas.

MADAME CALAS.

Le chemin tout-à-coup se remplit de soldats.
Le magistrat chargé de veiller sur la ville
Arrivait avec eux au sein de notre asyle,
Et déja cet asyle était environné
D'un peuple furieux contre nous déchaîné.
« Oui, criait cette foule impie et fanatique,
« Ils ont tué leur fils devenu catholique :
« Il voulait abjurer ; et tous les protestants
« Sur de pareils soupçons égorgent leurs enfants.
« Voilà le meurtrier qu'a choisi leur vengeance ;
« C'est ce jeune homme à peine échappé de l'enfance,
« Lui-même, et de Bourdeaux il revient aujourd'hui
« Pour cet assassinat qu'on exigeait de lui. »
Le pieux magistrat par les cris du vulgaire
Sent s'échauffer encor son zèle sanguinaire ;
Et, de cinq malheureux ardent persécuteur,
Il devient notre juge et notre accusateur.
Plongés depuis six mois en de sombres abymes,
Innocents, renfermés dans le séjour des crimes,
Isolés, dispersés, seuls avec nos malheurs,
Jamais la main d'un fils ne vient sécher nos pleurs,
Et jamais une voix et consolante et tendre
A notre cœur ému ne peut se faire entendre.
Les noms sacrés de mere, et de pere, et d'époux,
Au fond de ces tombeaux n'existent plus pour nous.

On doit peut-être encor nous livrer au supplice ;
C'est le seul coup du moins qui manque à l'injustice :
Mais nous pourrons subir et la honte et la mort,
Tous les tourments unis, excepté le remord.

CLÉRAC.

Ainsi donc votre fils fut sa propre victime,
Et vos mains, dites-vous, sont exemptes de crime ?

JEAN CALAS.

Ô mon fils, tes parents t'auraient privé du jour !..
Le tigre seul détruit les fruits de son amour.
Enfant dénaturé, c'est toi-même, peut-être,
Qui donneras la mort à ceux qui t'ont fait naître.
Tu voulus de ta vie éteindre le flambeau.
Si ma voix peut percer l'abyme du tombeau,
Viens à ce tribunal justifier ton pere,
Ton frere, ton ami, sur-tout ta tendre mere,
Celle qui t'a porté dans ses flancs douloureux,
Dont les soins t'élevaient pour un sort plus heureux,
Et dont le lait jadis aux jours de ton enfance
Soutenait, conservait ta débile existence.
Toi, principe éternel d'amour et d'équité,
Dont l'image préside à ce lieu redouté,
Dieu, qui voulus naître homme, et terminer ta vie
Au milieu des tourments et de l'ignominie ;
Divin patron du juste à la mort condamné,
Dieu du pauvre, à tes pieds me voilà prosterné :
Nous attestons ici tes regards redoutables ;
Tu vois des malheureux, mais non pas des coupables.

2.   4

CLÉRAC.

Vous, ô ciel!

JEAN CALAS.

Je le jure.

MADAME CALAS, PIERRE CALAS, LAVAÏSSE,
LA SERVANTE.

Et nous le jurons tous.

CLÉRAC.

Il suffit : maintenant allez, retirez-vous.

JEAN CALAS.

Quoi! toujours supporter cette absence funeste!
Ah! du moins profitons de l'instant qui nous reste.
Viens, chere épouse; et vous, mes amis, mes enfants,
Venez, confondez-vous dans mes embrassements.

LA SERVANTE.

Ah! laissez-moi baiser cette main respectable;
Permettez que mes pleurs....

JEAN CALAS.

Ton amitié m'accable.

Je connais sa tendresse et sa fidélité :
Ce n'est point là le prix qu'elle avait mérité.

(à Lavaisse.)

Et vous, brillant encor des fleurs de la jeunesse,
De vos tristes parents que je plains la vieillesse!
Sous leur toit solitaire ils sont abandonnés.
Quel destin vous guidait chez des infortunés?

LAVAÏSSE.

Je gémis avec vous : mon sort sera le vôtre.

MADAME CALAS.

Resterons-nous long-temps enlevés l'un à l'autre?

LES CINQ ACCUSÉS.

Adieu.

JEAN CALAS.

Je ne pourrai m'arracher de ce lieu.
Hélas! pourquoi faut-il encor nous dire adieu?

(*Les cinq accusés sortent.*)

SCENE III.

CLÉRAC, LA SALLE, LES AUTRES
JUGES, UN GREFFIER.

LA SALLE.

Vous venez de les voir: les croyez-vous coupables?

CLÉRAC.

Leurs discours sont touchants, simples et vraisemblables;
Si vous en exceptez un mot, un seul instant,
Leur aveu fut toujours uniforme et constant.
Ce fait, tout important qu'il puisse vous paraître,
Ne tient pas lieu de preuve : observez que, peut-être,
Au moment de ce meurtre, avant d'être arrêtés,
Sur ce qu'il fallait dire ils se sont concertés.
Ce jeune homme du moins privé de la lumière
La veille d'abjurer le culte de son père,
Tout le peuple informé de son pieux dessein,
L'esprit des protestants, ce suicide enfin,

Que l'aspect seul du lieu fait juger impossible,
Tout établit contre eux une preuve invincible ;
Et , malgré la pitié dont je suis pénétré ,
Tout démontre à mes yeux un complot avéré.

LA SALLE.

Pensez-vous qu'il s'agit d'un forfait exécrable?
Un vain bruit, un soupçon vous le rend vraisemblable !
Quelle preuve avez-vous? quels faits sont avancés?
Un témoin se présente , un seul homme ; est-ce assez?
Et qui? ce vil mortel chez qui le plus grand crime ,
L'homicide, devient un acte légitime ;
Payé pour exercer l'abominable emploi
De répandre le sang condamné par la loi !
Vous savez que du meurtre il a l'expérience ;
Vous allez, magistrats, consulter sa science :
Il a jugé pour vous : « Le fils de Jean Calas
« N'a pu, vous a-t-il dit, se donner le trépas ;
« D'une main meurtrière il éprouva la rage ».
Sur cette autorité, sur ce grand témoignage,
Vous allez donc livrer à des tourments affreux
Un père, un citoyen, un vieillard malheureux !

CLÉRAC.

Il est d'autres témoins. A l'heure infortunée
Qui d'Antoine Calas finit la destinée,
Des voisins effrayés ont entendu des cris.

LA SALLE.

C'étaient les cris du père. Êtes-vous donc surpris
Qu'un vieillard éperdu, qu'une famille entière,

Voyant l'horrible mort et d'un fils et d'un frere,
Fasse éclater au loin ses plaintives douleurs?
Vouliez-vous la contraindre à dévorer ses pleurs?
Pour condamner un homme il faut que l'évidence
Ait de son attentat démontré l'existence.
Ah! je réclame ici, non pas l'humanité,
Mais l'austere raison, d'où naît la vérité.
Quelques enfants, ingrats jusqu'à la barbarie,
Des auteurs de leurs jours ont abrégé la vie :
On a vu, je le sais, des fils dénaturés
Oser verser le sang de ces objets sacrés :
Alors, pour désigner un si grand homicide,
Nos aieux ont créé le nom de parricide ;
Mais ils n'ont pas prévu qu'au sein de son enfant
Un pere pût jamais porter son bras sanglant.
Égorger un mortel que soi-même on fit naître!
Ce forfait incroyable, impossible peut-être,
Jusqu'à nos tribunaux n'était point parvenu,
Et le nom d'un tel crime est encore inconnu.

CLÉRAC.

Vous êtes défenseur, et vous n'êtes pas juge.

LA SALLE.

Et du faible innocent quel sera le refuge?
Dans vos bizarres lois, qu'inventa la fureur,
L'homme accusé d'un crime a-t-il un défenseur?
Il est seul, sans conseil, près d'un juge implacable
Qui semble avoir besoin de le trouver coupable.
Au pied des tribunaux une fois amené,

4.

L'accusé, s'il est pauvre, est déja condamné.

CLÉRAC.

Vous servez les Calas avec un zele extrème.

LA SALLE.

Les Calas, dites-vous? non pas eux, mais vous-même.
Si je puis arracher le glaive de vos mains,
Et de ces accusés prolonger les destins,
C'est à vous, magistrats, que je rends un service :
Je vous sauve du sang, les remords, l'injustice ;
Je veux fermer l'abyme entr'ouvert sous vos pas :
Si vous me repoussiez vous seriez des ingrats ;
Et vous seriez couverts du sang de l'innocence,
Si votre bouche osait prononcer la sentence.

CLÉRAC.

Je crois que nous pouvons prononcer sans effroi
Quand nous avons pour nous des preuves et la loi.
Jeune homme, est-il prudent, est-il bien équitable,
Que dis-je? est-il humain d'absoudre le coupable?
Ah! quoi qu'en puisse dire un zele exagéré,
Les témoins sont ouïs, le crime est avéré :
Ainsi donc je conclus. . . .

LA SALLE, *se levant avec précipitation.*

            Homme, homme impitoyable,
Tu vas donner d'un mot la mort à ton semblable.

CLÉRAC.

La loi veut. . . .

LA SALLE.

Arrêtez.

CLÉRAC.

Quoi! vous seul contre tous....

LA SALLE.

Il n'importe; arrêtez. Je tombe à vos genoux.

CLÉRAC.

Prétendez-vous aux lois enlever leur victime?
Pouvez-vous bien...?

LA SALLE.

Je puis vous épargner un crime.
Vous êtes tous d'accord: moi, seul de mon côté,
Seul.... avec la justice, avec l'humanité,
J'ose vous conjurer, mes compagnons, mes freres,
Vous, au nom de vos fils, vous, au nom de vos pères,
Et tous, au nom du ciel, que vous croyez venger,
De différer encor le moment de juger,
De ne point prononcer, de peser, de suspendre
L'irrévocable arrêt que vous prétendez rendre.
Si l'on exécutait cet arrêt odieux,
Si bientôt l'innocence éclatait à vos yeux,
Quel attentat! pour vous quel avenir horrible!
Verra-t-on, dites-moi, dans ce moment terrible,
L'innocent expiré sous le fer d'un bourreau
Sortir à votre voix de la nuit du tombeau?
Anéantirez-vous son trépas, son supplice?
Chacun de vous alors, pour n'être pas complice,
Pour n'avoir pas trempé dans l'arrêt inhumain,
Voudrait donner son sang, et le voudrait en vain.
Oh! ne soyez point sourds à ma voix qui vous prie;

Songez bien qu'il y va d'un homme et de sa vie,
Que vous vous préparez les tourments du remord,
Qu'il ne sera plus temps de retarder sa mort,
Plus temps de réparer un crime irréparable,
Mais qu'il est toujours temps de punir un coupable.

(*Tous les magistrats se levent.*)

CLÉRAC.

Vous le voulez... eh bien !... mais d'abord calmez-vous.

LA SALLE.

Vous répandez des pleurs ! vous m'environnez tous !

CLÉRAC.

Je ne le cache pas, mon ame est ébranlée :
Il faut en ce moment dissoudre l'assemblée.
Bientôt nous reviendrons terminer ces débats.
Nous avons juré tous, ah ! ne l'oublions pas,
De n'en croire jamais que notre conscience,
D'écouter la loi seule, et non pas l'éloquence.

LA SALLE.

N'oubliez pas non plus que vous avez juré
D'offrir à l'innocence un secours assuré ;
N'oubliez pas sur-tout qu'en frappant la victime,
Si vous vous abusez, votre erreur est un crime ;
Que c'est un meurtre affreux, plus affreux mille fois
Que celui qu'un brigand commet au fond des bois ;
Que pour un magistrat une telle injustice
Est le plus grand malheur, le plus cruel supplice ;
Qu'il vaut mieux être enfin l'innocent abattu,
Mourant dans les tourments, mais avec sa vertu,

Epuisant les horreurs d'un arrêt tyrannique,
Que le juge souillé d'un jugement iniqué.

(Ils sortent tous.)

Fin du second acte.

ACTE III.

*La scene est dans une place où la prison
est située.*

*Un orage se prépare durant les premieres
scenes, et les éclairs se pressent avec ra-
pidité.*

SCENE PREMIERE.

LOUIS CALAS.

RIEN ne saurait calmer ma sombre inquiétude :
Je marche sans dessein ; la nuit, la solitude ,
Dans mon cœur abattu nourrissent la douleur,
Et le ciel orageux convient à mon malheur.
La prison ! c'est donc là qu'est ma famille entiere !
Je veux rester ici ; dormons sur cette pierre.
Dormir ! ah ! le sommeil n'est plus fait pour mes yeux ;
Je ne dormirai pas. Vous, tyrans de ces lieux,
Pontifes, qui traînez au sein de l'opulence
De vos stériles jours la pompeuse indolence ;
Orgueilleux magistrats, qui tenez en vos mains
L'existence et l'honneur des vulgaires humains,
Dormez ; laissez veiller les chagrins, la misere :
Dormez ; dans les cachots vous n'avez pas un pere.

Chacun s'est retiré; je n'entends plus de bruit;
Dans l'espace des cieux les astres de la nuit,
Cachés, ensevelis sous un épais nuage,
Ont fait place aux éclairs précurseurs de l'orage :
Et moi, seul, accablé de mes calamités,
Je baise en vain les murs par mon pere habités.
Ô mon pere, ô vieillard si vertueux, si tendre,
Hélas! tout près de moi vous ne pouvez m'entendre!

SCENE II.

LOUIS CALAS, JEAN CALAS, *pa-raissant aux barreaux de la prison.*

JEAN CALAS.

C'est toi, mon cher Louis!

LOUIS CALAS.

Je connais cette voix.

Se peut-il?... c'est la sienne, et c'est lui que je vois.
De ces éclairs pressés la rapide lumiere
Me fait jouir encor de l'aspect de mon pere.

JEAN CALAS.

Tes accents douloureux ont pénétré mon cœur.

LOUIS CALAS.

Quoi! je puis donc goûter un moment de bonheur!

JEAN CALAS.

Évite, mon cher fils, les coups de la tempête;
Les torrents orageux vont tomber sur ta tête.

LOUIS CALAS.

Qu'importent les torrents et la foudre en courroux?
Je puis vous contempler, je suis auprès de vous.

JEAN CALAS.

Je t'ai vu; c'est assez : au nom de ma tendresse,
Pour ta mere, mon fils, conserve ta jeunesse :
Ta mere est dans cet âge où de nouveaux besoins
De l'amour filial exigent plus de soins.

LOUIS CALAS.

Vos juges en leurs mains tiennent sa destinée.

JEAN CALAS.

Je ne présume pas qu'elle soit condamnée.
Ils vont faire périr sous la main d'un bourreau
Un vieillard que déja réclame le tombeau;
Mais je crois que mon sang pourra les satisfaire,
Et qu'ils épargneront ta malheureuse mere.

LOUIS CALAS.

Et voilà tout l'espoir que vous me présentez!

JEAN CALAS.

Nos destins sont prévus, nos moments sont comptés.
J'ai passé sur la terre, et j'ai connu la vie;
Le port s'offre à mes yeux, et ma course est finie.

LOUIS CALAS.

Dieu! quel pressentiment!

JEAN CALAS.

                    Mon fils, ne me plains pas;
Plains et chéris ta mere.

LOUIS CALAS.

Ah! tendez-moi vos bras!

JEAN CALAS.

De si loin?

LOUIS CALAS.

Cette pierre aidera ma tendresse.

Oui, malgré ces barreaux, que ma bouche les presse :

Sur ces augustes mains, sur ces bras paternels,

Sentez couler des pleurs qui seront éternels.

JEAN CALAS.

Appaise, mon cher fils, la douleur qui t'emporte.

Adieu : de ma prison j'entends ouvrir la porte ;

Je ne puis t'embrasser, mais je puis te bénir.

LOUIS CALAS.

Un si cher entretien doit-il déja finir?

JEAN CALAS.

Que vient-on m'annoncer? ma sentence peut-être :

D'une secrete horreur mon cœur n'est pas le maître.

Pour tous les accusés, ô ciel, entends mes vœux :

Si je suis seul proscrit, mon sort est trop heureux.

UNE VOIX, *dans l'intérieur de la prison.*

Suivez nos pas.

LOUIS CALAS.

Quelle est cette voix formidable?

« Suivez nos pas! » Ces mots sont un poids qui m'accable.

SCENE III.

LOUIS CALAS, LE RELIGIEUX.

LE RELIGIEUX.

C'est vous, fils de Calas : je vous cherche en ces lieux.

LOUIS CALAS.

Et moi, je fuis le jour, j'évite tous les yeux.

LE RELIGIEUX.

Pourquoi donc avez-vous quitté le toit paisible
De ce vertueux juge à vos malheurs sensible ?

LOUIS CALAS.

Je ne veux point lasser la pitié des humains.

LE RELIGIEUX.

Je viens auprès de vous partager vos chagrins.

LOUIS CALAS.

Laissez-moi ; la douleur veut être solitaire.

LE RELIGIEUX.

Mon cher fils....

LOUIS CALAS.

Laissez-moi ; vous n'êtes point mon père.

LE RELIGIEUX.

Vos efforts seront vains : je ne vous quitte pas.

LOUIS CALAS.

Où sont en ce moment, que font les magistrats ?

LE RELIGIEUX.

A l'instant où le ciel est devenu plus sombre,

Quand la nuit commençait à déployer son ombre,
Le peuple au parlement les a tous rappelés.

LOUIS CALAS.

Les juges, dites-vous, cette nuit rassemblés!
Sans doute ils ont déja prononcé....

LE RELIGIEUX.

Je l'ignore;
Parmi les citoyens rien ne transpire encore.

LOUIS CALAS.

Que dit-on de l'arrêt qui doit être porté?

LE RELIGIEUX.

Le sentiment public s'est trop manifesté:
De la prévention vous connoissez l'empire.

LOUIS CALAS.

A perdre mes parents je vois que tout conspire.

LE RELIGIEUX.

Du moins.... sur Jean Calas les soupçons réunis....

LOUIS CALAS.

Ah! cruel, arrêtez; vous parlez à son fils.

LE RELIGIEUX.

Oui, je parle à ce fils: en sa douleur extrême
Il lui faut un ami qui l'arrache à lui-même.
Eh quoi! trembleriez-vous si je devais dicter
L'arrêt qu'en ce moment on s'apprête à porter,
Moi qui pensai toujours qu'un chrétien véritable
Ne peut même ordonner le trépas d'un coupable,
Que sur le sang humain l'homme n'a point de droits,
Et que l'arrêt de mort est un crime des lois?

Me préserve le ciel de cette audace impie
D'accuser le mortel qui vous donna la vie!
Il eut pour vous un cœur sensible et paternel;
Envers un autre fils serait-il criminel?
Un tel forfait, sans doute, a peu de vraisemblance :
Je ne puis garantir pourtant son innocence ;
Je ne le connais point; des emplois différents,
Mes soins religieux, la foi de vos parents,
Et ce culte plus pur que j'ai rendu le vôtre,
Nous ont jusqu'à ce jour éloignés l'un de l'autre.
En vain nous résidions au sein des mêmes lieux ;
Votre pere jamais ne s'offrit à mes yeux.
Ah! si des magistrats la voix impitoyable,
Au nom des lois, mon fils, le déclare coupable,
Cette religion que chérit votre cœur
Adoucira du moins le poids d'un tel malheur ;
Des consolations source pure et féconde,
Seule elle calmera votre douleur profonde;
Elle vous cherchera: vous, ne la fuyez pas;
Vous, avec abandon jetez-vous dans ses bras;
C'est pour tous les humains la mere la plus tendre,
Et son cœur en tout temps est prêt à nous entendre.

SCENE IV.

LOUIS CALAS, LE RELIGIEUX, LA SALLE.

La foudre commence à gronder au loin vers la fin de cette scene.

LOUIS CALAS.

(*à la Salle.*)

ON approche. Est-ce vous, mon généreux soutien?

LA SALLE.

C'est moi.

LOUIS CALAS.

Le jugement....

LA SALLE.

Vient de se rendre.

LOUIS CALAS.

Eh bien!

Achevez. Qu'a-t-on fait?

LA SALLE.

Je n'ai rien à vous dire.

LOUIS CALAS.

Rien à me dire, ô ciel! et votre cœur soupire;
Vos yeux versent des pleurs; vous semblez consterné:
Ah! vous m'avez tout dit; mon pere est condamné!

LA SALLE.

L'œuvre du fanatisme est enfin consommée,

5.

Les juges satisfaits, l'innocence opprimée.
Hélas! j'ai fait long-temps parler la vérité,
La raison, la nature, et sur-tout l'équité,
Tout ce qui peut toucher un cœur juste et sensible,
Tout ce qui rend sur-tout ce forfait impossible :
Mais dans les tribunaux, comme au sein des combats,
Un mortel s'accoutume à l'aspect du trépas,
Et, se croyant toujours entouré de coupables,
Voit couler d'un œil sec le sang de ses semblables.
Rien n'a pu ramener des juges endurcis:
Toutefois sur la peine on semblait indécis,
Les voix se partageaient; j'avais quelque espérance :
Une voix tout-à-coup fait pencher la balance;
Un jeune homme entraîné s'unit aux magistrats
Dont les cris demandaient la mort de Jean Calas.
Au milieu du sénat un des juges s'élance :
« Réunis par le crime ou bien par l'innocence,
« Votre arrêt, nous dit-il, ne peut leur pardonner;
« Il faut tous les absoudre, ou tous les condamner ».
Je me leve avec lui; nous nous faisons entendre,
Lui pour les accuser, et moi pour les défendre.
Cependant tous les deux nous parlons vainement,
Et l'on prononce enfin le fatal jugement :
Un vil trépas attend votre malheureux pere;
Ils ont loin de ces bords exilé votre frere;
Les autres accusés, échappant à leurs coups,
Du prétendu forfait sont déclarés absous.

Ainsi les magistrats, ayant forgé les crimes,
Au gré de leur caprice ont choisi les victimes,
Afin de conserver la même absurdité
Et dans leur indulgence, et dans leur cruauté.

LOUIS CALAS.

C'en est donc fait! Mon père.... Ô détestable rage!
Fanatisme insensé, voilà ton digne ouvrage!

(au Religieux.)

Ainsi vous abusiez un cœur faible et soumis!
Où sont donc les secours que vous m'aviez promis?
Cette religion dont la voix généreuse
Se flattait d'adoucir mon infortune affreuse,
Je l'interroge en vain; la cruelle se tait.
Eh bien! mon cœur l'abjure; elle seule a tout fait:
C'est un culte barbare, injuste, sanguinaire;
C'est la religion des bourreaux de mon père.

LE RELIGIEUX.

Je conçois la douleur qui doit vous déchirer.

LOUIS CALAS, à la Salle.

M'est-il donc à jamais défendu d'espérer?
Ne peut-on désarmer un cruel fanatisme?

LA SALLE.

Non; ces grands tribunaux, rivaux du despotisme,
Affectent son orgueil ainsi que sa fureur:
Avant de s'avouer convaincus d'une erreur
Ils laisseront traîner l'innocent au supplice;
Après sa mort, peut-être, ils lui rendront justice:

Tel est des parlements l'esprit accoutumé.
Ainsi le magistrat que l'or seul a nommé,
Croyant s'humilier s'il devenait sensible,
Achete et vend le droit de paraître infaillible.

LOUIS CALAS.

D'où viennent tout-à-coup ces applaudissements?

LA SALLE.

J'entends des cris de joie et des gémissements.

LOUIS CALAS.

Je vois les magistrats, et le peuple, et ma mere,
Et tous les accusés, tous, excepté mon pere!

SCENE V.

LES MÊMES, Mme CALAS, PIERRE
CALAS, LAVAÏSSE, LA SERVANTE,
CLÉRAC, LA SALLE, LES AUTRES
MEMBRES DU PARLEMENT,
LE PEUPLE.

L'orage s'accroît durant toute la scene.

CLÉRAC.

Que me demandez-vous? L'arrêt est prononcé.

LE PEUPLE.

Par le vœu général il était devancé.

LOUIS CALAS.

Quoi! cet arrêt cruel, ce jugement....

CLÉRAC, *avec douleur.*

Est juste.

(*au Religieux.*)

Vous, prêtre, allez remplir votre devoir auguste.

(*Le Religieux sort.*)

(*aux autres membres du parlement.*)

Et nous, quittons ces lieux.

MADAME CALAS.

Un moment. Vous voyez....

CLÉRAC.

Que faites-vous?

MADAME CALAS.

Ses fils, son épouse à vos pieds.

CLÉRAC.

Vainement je voudrais rétracter la sentence.

LA SERVANTE.

Mon maître est innocent.

MADAME CALAS.

Rien, rien pour sa défense?

CLÉRAC.

Tout serait inutile.

MADAME CALAS.

Il n'importe, arrêtez.

CLÉRAC.

Que voulez-vous encore?

LA SALLE.

          Ah! du moins écoutez.

CLÉRAC, *aux accusés.*

J'en gémis ; mais, hélas ! qu'avez-vous à prétendre ?
A cette heure, en ces lieux, devons-nous vous entendre ?

MADAME CALAS.

Que font l'heure et les lieux quand il faut être humain ?
Vous qui répondez, vous moins juge qu'assassin,
Vous qui de Jean Calas avez proscrit la tête,
Vous qui versez son sang, craignez-vous la tempête,
Quand vous ne craignez point d'égorger mon époux,
Un vieillard, un mortel plus vertueux que vous ?

CLÉRAC.

Je pardonne au malheur cette imprudente audace.

MADAME CALAS.

Nous ne vous cherchons pas pour demander sa grace ;
Son sort est décidé : décidez notre sort.

PIERRE CALAS.

Remplissez nos desirs.

CLÉRAC.

        Que voulez-vous ?

MADAME CALAS, LOUIS CALAS, PIERRE
CALAS, LAVAÏSSE, LA SERVANTE.

                     La mort.

MADAME CALAS.

Ah ! ne vous montrez pas toujours impitoyables.
Est-il coupable ? eh bien ! nous sommes tous coupables

LOUIS CALAS.

Tous, autant que mon pere.

LA SALLE.

Et moi-même autant qu'eux.

CLÉRAC.

Ne nous accablez pas. Nous croyez-vous heureux ?
Hélas ! en prononçant la sentence sévere ,
J'ai vu, n'en doutez pas, une famille entiere
Errante, abandonnée, et dans le désespoir :
C'est en versant des pleurs que j'ai fait mon devoir :
Il est toujours pénible, il est souvent funeste.
Je signe en gémissant l'arrêt que je déteste ;
Mais ma volonté cede aux volontés des lois.
Lorsque nous entendons leur rigoureuse voix,
Lorsqu'à donner la mort elle vient nous contraindre,
Notre cœur se déchire, et c'est nous qu'il faut plaindre.
Sur un arrêt rendu nul ne peut revenir.

(*On entend gronder la foudre.*)

MADAME CALAS.

Allez, cœurs inhumains qu'on ne sauroit fléchir.
Dieu, dont la volonté déchaîne les tempêtes,
Ciel juste, ciel vengeur qui tonnes sur nos têtes,
Écrase-nous du moins ; daigne nous délivrer
Du supplice de vivre et de les implorer.

LOUIS CALAS, *à Clérac.*

Eh quoi ! votre pitié. . . .

CLÉRAC.

Ne peut vous satisfaire.

Voyez dans sa prison votre époux, votre pere ;
Par des cris et des pleurs cessez de nous troubler ;
A ses derniers moments courez le consoler.

Fin du troisieme acte.

ACTE IV.

La scene est dans la prison.

SCENE PREMIERE.

LE RELIGIEUX, LE GEOLIER, JEAN CALAS, *endormi.*

LE RELIGIEUX.

Iʟ dort.

LE GEOLIER.

Je vous l'ai dit.

LE RELIGIEUX.

Son front est vénérable.
Il dort! et voilà donc le sommeil d'un coupable!

LE GEOLIER.

Ma voix, si vous voulez, hâtera son réveil.

LE RELIGIEUX.

Non, gardez-vous-en bien : c'est son dernier sommeil.
Sans doute il ne sait pas la sentence mortelle?

LE GEOLIER.

Il vient de recevoir cette horrible nouvelle.

LE RELIGIEUX.

Il sait qu'il va mourir, et cependant il dort!

2.   6

Ce repos-là n'est point troublé par le remord.
Cette nouvelle enfin comment l'a-t-il apprise ?

LE GEOLIER.

Sans trouble, sans douleur, et même sans surprise ;
Il présentait un front soumis, mais rassuré.

LE RELIGIEUX.

Et sous ce toit fatal depuis qu'il est entré
Lui voyez-vous toujours ce visage paisible ?

LE GEOLIER.

Toujours. A son malheur il paraît insensible.

LE RELIGIEUX.

Vous parlait-il de ceux qui devaient le juger ?

LE GEOLIER.

Non ; sa femme, ses fils, et le jeune étranger,
Tel est de ses discours le sujet ordinaire.

LE RELIGIEUX.

Eh bien ?

LE GEOLIER.

    Il plaint leur sort. Cependant il espere
Que dans la Providence ils auront un appui,
Et que l'arrêt cruel ne frappera que lui.

LE RELIGIEUX.

Les juges ont rempli cette triste espérance.

LE GEOLIER.

Il atteste toujours Dieu de son innocence.

LE RELIGIEUX.

Chez plus d'un criminel c'est ce qu'on a pu voir.
Mais jamais de fureur, de cris, de désespoir ?

LE GEOLIER.

Non, jamais. Seulement, quand sa faible paupiere,
Après un long sommeil se rouvre à la lumiere,
Au lieu d'où vient le jour il dirige ses pas,
Et regarde le ciel, et soupire tout bas.
Si chez des magistrats l'erreur était possible,
Si tout un tribunal. . . .

LE RELIGIEUX.

                    Dieu seul est infaillible.

Cet homme est condamné. Magistrats, puissiez-vous
Goûter après sa mort un sommeil aussi doux !

LE GEOLIER.

Les sons de votre voix ont frappé son oreille.

LE RELIGIEUX.

Hélas ! vous m'affligez.

LE GEOLIER.

                    Le voilà qui s'éveille.

LE RELIGIEUX.

Laissez-nous maintenant.

    (*Le Geolier sort.*)

SCENE II.

JEAN CALAS, LE RELIGIEUX.

LE RELIGIEUX.

VIEILLARD, pardonnez-moi.

JEAN CALAS.

Je ne vous comprends point. Vous pardonner! pourquoi?

LE RELIGIEUX.

Vous goûtiez un repos que j'ai troublé peut-être.

JEAN CALAS.

Non. Mais vous me plaignez, et vous êtes un prêtre!

LE RELIGIEUX.

Ne vous étonnez point : je suis un homme aussi.

JEAN CALAS.

Que voulez-vous de moi? Qui vous amene ici?

LE RELIGIEUX.

Mon devoir le plus saint, Dieu notre commun pere,
L'ordre des magistrats, et vos malheurs, mon frere.
De la religion les bienfaisants secours
Puissent-ils consoler le dernier de vos jours!

JEAN CALAS.

Des secours! Que du moins votre zele s'explique.
Je ne suis point nourri dans la foi catholique.

LE RELIGIEUX.

Je le sais.

JEAN CALAS.

S'il s'agit des secours généreux
Que le livre sacré présente aux malheureux,
Si vous venez m'offrir la pitié, l'espérance,
J'accepte vos bienfaits avec reconnaissance;
Mais sachez que la mort me fermera les yeux
Dans le sein de la loi qu'observaient mes aïeux.
C'est par des actions et non par des prieres
Que Dieu laisse fléchir ses jugements séveres;
Et, si je connais bien ce Dieu mon seul appui,
Les cultes différents sont égaux devant lui.

LE RELIGIEUX.

Ah! la foi des humains ne saurait se contraindre.
Si vous vous abusez, c'est à moi de vous plaindre;
Mais, si, dans votre erreur voyant la vérité,
Vous croyez avec zele, avec simplicité,
Je n'outragerai point l'éternelle justice
Jusqu'à penser jamais que le ciel vous punisse;
Et je dois à mon frere annoncer la pitié
D'un Dieu que les mortels ont tant calomnié.
Cependant.... pardonnez à ce langage austere
Que prescrit la rigueur de mon saint ministere;
Concevez le chagrin que mon ame en ressent....
Le crime ne dort pas; je vous crois innocent:
Mais vous me convaincrez, et je veux vous entendre.
Ouvrez-moi votre cœur: je dois, j'ose y prétendre.
Ce cœur à des forfaits s'est-il abandonné?
Et seriez-vous enfin justement condamné?

JEAN CALAS.

Lorsque j'aurai parlé que votre voix prononce.
C'est à l'homme de bien que je dois ma réponse ;
Ce n'est pas au pontife envoyé près de moi.
Des enfants de Calvin vous connaissez la foi :
Je ne respecte point l'autorité d'un prêtre
Qui croit pouvoir m'absoudre et m'interroge en maître :
Je me confesse à Dieu , mais non pas aux mortels,
Dans le secret du cœur, non devant les autels.
Écoutez maintenant. L'injustice m'opprime ;
Ni mon bras ni mon cœur ne sont souillés d'un crime.
On veut que par mes mains mon fils assassiné. . . .
Ce déplorable fils était mon premier né.
Le jour qu'il fit entendre à mon ame attendrie
Ce cri faible et plaintif qui commence la vie,
Je baignai mon enfant de mes pleurs paternels.
J'en répands aujourd'hui , mais ils sont bien cruels.
Mes bras l'ont recueilli dans les bras de sa mere :
« Toi, son fils et le mien, tu me la rends plus chère,
« Tu resserres le nœud qui l'unit avec moi,
« Disais-je ; en expirant je revivrai dans toi ;
« De mes soins assidus j'aiderai ta jeunesse,
« Et tu seras un jour l'appui de ma vieillesse ».
Ah ! je comptais en vain sur ses tendres secours :
D'une importune vie il a tranché le cours ;
Il m'a quitté. J'ouvris ses yeux à la lumiere ;
Mais il a refusé de fermer ma paupiere.

LE RELIGIEUX.

Arrêtez; c'est assez. Combien je suis ému!

JEAN CALAS.

Fils ingrat!

LE RELIGIEUX.

Arrêtez; j'en ai trop entendu.

JEAN CALAS.

Vous plaignez mon malheur.

LE RELIGIEUX.

Ô divine justice,
Comment peux-tu souffrir qu'un innocent périsse?

JEAN CALAS.

Des juges égarés, interprétant la loi,
Ont frappé des mortels plus vertueux que moi.

LE RELIGIEUX.

Plus vertueux, vieillard! non, il n'est pas possible.

JEAN CALAS.

Vous n'êtes pas un juge, et votre ame est sensible.

LE RELIGIEUX.

Que cherchent vos regards?

JEAN CALAS.

Dans mes derniers moments
J'aurais voulu revoir ma femme et mes enfants.

LE RELIGIEUX.

Ah! vous pouvez encor jouir de leur présence;
Auprès de vos deux fils votre épouse s'avance.

SCENE III.

JEAN CALAS, Mme CALAS, LOUIS
CALAS, PIERRE CALAS, LE
RELIGIEUX.

JEAN CALAS.

MES enfants, je connais ces muettes douleurs;
Et quand vous vous taisez, j'entends parler vos pleurs.

LE RELIGIEUX.

Dieu qui ne confonds point l'innocence et les crimes,
De quoi les punis-tu? que t'ont fait ces victimes?

LOUIS CALAS.

Mon pere, eh! je ne puis mourir à vos genoux!

PIERRE CALAS.

Je ne suis que banni!

MADAME CALAS.

    Mes enfants, laissez-nous.
Vous qui pleurez comme eux, et dont le front austere
Porte de la vertu le sacré caractere;
Vous, catholique et prêtre, et pourtant tolérant,
Sourd aux préventions d'un culte différent,
Vous savez distinguer, consoler l'innocence :
Je ne puis vous offrir que ma reconnaissance.
Ajoutez une grace à vos généreux soins;
Souffrez que je lui parle un moment sans témoins.

  (*Le Religieux et les enfants sortent.*)

SCENE IV.

JEAN CALAS, Mme CALAS.

MADAME CALAS.

Tes juges ont enfin consommé l'injustice.

JEAN CALAS.

La sentence est portée , et j'attends mon supplice.

MADAME CALAS.

Aucun autre accusé ne partage ton sort.

JEAN CALAS.

C'est ce qui me console en recevant la mort.

MADAME CALAS.

Et c'est mon désespoir. Tu sais mourir?

JEAN CALAS.

Sans doute.

MADAME CALAS.

Je sais mourir aussi.

JEAN CALAS.

Que veux-tu dire ?

MADAME CALAS.

Écoute.

Nous avons rencontré tes juges sur nos pas;
Nous avons à leurs pieds imploré le trépas. . .

JEAN CALAS.

Ô ciel !

MADAME CALAS.

Pour ton épouse et ta famille entiere :
Mais ils ont repoussé notre juste priere ;
Et ces tyrans cruels, organes du forfait,
N'accordent point la mort quand elle est un bienfait.
La vie est devenue un fardeau qui m'accable.

JEAN CALAS.

Comment ?

MADAME CALAS.

Ta mort s'approche ; elle est inévitable.
La mort est un moment facile à supporter ;
Mais la honte est affreuse, et tu peux l'éviter.

JEAN CALAS.

Que dis-tu ?

MADAME CALAS.

Des tyrans il faut tromper la rage.
Tu sens bien qu'ils n'ont pu deviner le courage.

JEAN CALAS.

Et tu peux concevoir ce projet sans effroi !

MADAME CALAS.

Il est grand ; c'est le seul qui soit digne de toi :
C'est ainsi que tu peux échapper au supplice.
Ainsi, maîtres de nous, vainqueurs de l'injustice,
Sans honte et sans frayeur, sans crime et sans remord,
Nous nous réunirons dans les bras de la mort.

JEAN CALAS.

Sans crime ! un suicide ! Ah ! mere malheureuse,
Un suicide a fait notre infortune affreuse.

Puissent les vœux ardents d'un cœur pur et soumis
Obtenir le pardon du premier de mes fils !
Mais imiter, grand Dieu! sa fatale imprudence !
Troubler l'ordre éternel , tenter la Providence !
Non. Sans être coupable on ne peut renoncer
Au poste où sa justice a daigné nous placer

MADAME CALAS.

Quelle est donc cette erreur à qui tu rends hommage ?
Du Dieu qui le créa l'homme est , dit-on , l'image ,
Et la bonté de Dieu veille sur les destins
De cet obscur limon façonné par ses mains.
Ah ! s'il était bien vrai, si le seul être juste
Daignait verser sur nous son influence auguste ,
Verrait-on l'équité sans crédit et sans voix ,
Et la loi du plus fort braver toutes les lois ?
Verrait-on la balance, entre les mains du crime ,
Choisir impunément la vertu pour victime ;
Le fanatisme impur, ce fléau des mortels,
Souiller les tribunaux , les trônes , les autels ;
Sous des brigands sacrés l'humanité tremblante
Se débattre à leurs pieds dans sa chaîne sanglante ;
Les innocents traînés au pied des échafauds ,
Et souvent poursuivis au fond de leurs tombeaux ?
Le malheur inventa le nom de Providence :
L'infortuné qui pleure a besoin d'espérance.
Accablé par un roi, par un juge inhumain ,
Il voulut reconnaître une invisible main :
La vanité crédule appuya ce système

Qui fait agir pour l'homme et le monde et Dieu même.
Redescendons vers nous ; cherchons la vérité :
De la commune loi l'homme est-il excepté ?
Tout ce qui fut créé, terminant sa carriere,
N'est-il pas oublié dans la même poussiere ?
Tu frémis ! . . . Mais, dis-moi, quand l'Esprit éternel
Daignerait s'occuper du destin d'un mortel,
En tranchant tous les deux nos jours insupportables,
A ses yeux paternels deviendrons-nous coupables ?
Est-ce un tyran qui tient des esclaves aux fers ?
Nous a-t-il défendu de finir nos revers ?
Nous a-t-il malgré nous condamnés à la vie ?
Et ne peux-tu mourir qu'au sein de l'infamie ?

JEAN CALAS.

Calme ton désespoir, épouse de Calas ;
Il afflige mon cœur et ne l'ébranle pas :
Pour juger de mon sort apprends à le connaître,
Et ne blaspheme point le Dieu qui t'a fait naître.
Tu me plains de subir et l'opprobre et la mort !
Eh quoi ! n'est-ce donc rien de mourir sans remord ?
Tes regards vainement cherchent la Providence !
Tu ne la trouves pas dans notre conscience,
Infaillible témoin qui n'est jamais séduit,
Juge qu'en tous les temps la vérité conduit,
Qui soutient dans ses maux la vertu qu'on opprime,
Et jusques sous le dais fait le tourment du crime ?
Tu parles d'infamie ! Ah ! tes sens sont plongés
Dans l'antique chaos de nos vils préjugés.

Mais j'approche du terme où l'on cesse de croire
A ces fantômes vains et de honte et de gloire.
Le ciel laisse ma vie au pouvoir des humains :
Mon véritable honneur n'est pas entre leurs mains ;
Ce seul bien qui me reste est au fond de mon ame.
Triomphant ou puni, le coupable est infâme.
Quand le juste opprimé périt sans défenseur,
La honte doit tomber sur le juge oppresseur.
Aux éternelles lois ne sois donc plus rebelle ;
Pour sortir de la vie attends que Dieu t'appelle.
Nous avons tous les deux un devoir à remplir ;
Mais le tien est de vivre, et le mien de mourir.

MADAME CALAS.

Cruel, quand tu péris, mon devoir est de vivre !
Je n'en connais qu'un seul ; c'est celui de te suivre,
De finir un destin d'horreur empoisonné,
Et de joindre l'épouse à l'époux condamné.
Je ne fléchirai point ton courage insensible !
Ton supplice s'approche, et tu restes paisible !
Eh bien ! au lieu fatal je marche sur tes pas ;
Je veux te précéder dans la nuit du trépas :
Tout mon sang. . . .

JEAN CALAS.

Écoutez. . . . la fureur vous égare.

MADAME CALAS.

Devant toi, sous tes yeux. . . .

JEAN CALAS.

Y pensez-vous, barbare ?

Déja sur votre cœur je n'ai donc plus de droits ! . . .
Accourez, mes enfants, reconnaissez ma voix.

SCENE. V.

JEAN CALAS, Mme CALAS, LOUIS CALAS, PIERRE CALAS.

MADAME CALAS.

Je verrai leur misere et leur ignominie :
Ce spectacle peut-il me faire aimer la vie ?
La mort est préférable, et je puis la souffrir.

JEAN CALAS.

Vous voyez ces enfants, et vous voulez mourir !

LOUIS ET PIERRE CALAS.

Ma mere !

MADAME CALAS.

Infortunés, vous perdez votre pere !

JEAN CALAS.

Oserez-vous encor leur enlever leur mere ?

MADAME CALAS.

C'en est trop : prends pitié de mes sens déchirés.

JEAN CALAS.

Vivez pour eux, vivez pour des devoirs sacrés ;
Des injustes mortels sachez vaincre la rage ;
Vous desirez la mort : montrez plus de courage.
Le temps vole, et demain vous n'aurez plus d'époux ;

Vous serez mere encor: vos jours sont-ils à vous ?
Vivez ; ne trompez point le vœu de la nature :
Je ne vous dirai pas que je vous en conjure ;
Mais je l'exige au nom du plus tendre lien ;
Je vous l'ordonne en pere, en époux, en chrétien.

SCENE VI.

LES MÊMES, LAVAÏSSE, LA SERVANTE, LA SALLE.

JEAN CALAS, *à la Salle.*

Venez-vous insulter à mon heure derniere ?
Un juge en ma prison !

LOUIS CALAS.

                    C'est notre appui, mon pere.

LA SALLE.

Vous insulter ! je viens, vieillard infortuné,
Voir, aimer, révérer un juste condamné.

LAVAÏSSE.

Pour tâcher d'adoucir vos juges sanguinaires
Sa priere à l'instant s'est jointe à nos prieres.

JEAN CALAS.

Que de vos soins touchants mon cœur est pénétré !
De tout ce que j'aimai je suis donc entouré !
Juge équitable et bon, recevez mon hommage ;
De la Divinité je vois en vous l'image.

(présentant la Servante à la Salle.)
Cependant j'ose encor, soutien des malheureux,
Rappeler cette femme à vos soins généreux :
Je meurs, je l'abandonne, et ne puis rien pour elle.

LA SALLE.
Tout ce qui vous fut cher doit compter sur mon zele.

LA SERVANTE.
Ô mon vertueux maître, épargnez ma douleur :
Je vous connais, je sais quel est votre bon cœur :
Dans le fond du cercueil je vais bientôt vous suivre ;
Mais enfin, si je puis un moment vous survivre,
Votre épouse et vos fils ne me renverront pas :
Jusqu'au dernier soupir je m'attache à leurs pas.
D'une main secourable et non pas importune
J'allégerai pour eux le poids de l'infortune :
J'ai servi les Calas dans leur prospérité,
Et je les servirai dans leur adversité.

SCENE VII.

LES MÊMES, LE GEOLIER.

LE GEOLIER.

Bon vieillard....

JEAN CALAS.

Approchez, et parlez sans rien craindre.
Si je vais à la mort, je ne suis point à plaindre.

LE GEOLIER.

Pour avoir votre aveu les ministres des lois
Vont vous interroger une derniere fois.

JEAN CALAS.

Au tribunal humain faut-il encor paraître !

LA SERVANTE.

Arrêtez ; que je meure aux genoux de mon maître !

MADAME CALAS.

Nous tombons à ses pieds ; nous y périrons tous.

JEAN CALAS.

Ma femme, mes enfants, mes amis, levez-vous.
Adieu ; n'abusez point de ce moment terrible ;
Qu'il soit attendrissant, qu'il ne soit point horrible.
L'injustice ici-bas commande à notre sort
Durant ces courts instants que termine la mort :
Mais je vais dans un monde où l'équité préside,
Où dans le sein de Dieu l'éternité réside.

7.

Vous, sur ce globe impie encore abandonnés,
Vous, en qui je dois vivre, et qui m'environnez,
Épouse, enfants, amis, si le sort vous rassemble,
Vous pourrez quelquefois me regretter ensemble ;
Et, quand des pleurs amers couleront de vos yeux,
Vous sécherez vos pleurs en regardant les cieux.
Oui, je vous recommande au Dieu de nos ancêtres,
Au Dieu qu'ont immolé des juges et des prêtres.
Ne craignez point pour vous un fâcheux souvenir ;
La raison d'aujourd'hui, semant pour l'avenir,
Versant de tous côtés sa lumiere féconde,
Vaincra les préjugés, ces vieux tyrans du monde ;
Et le fils vertueux d'un pere criminel
Ne recueillera plus l'opprobre paternel.
Quant à moi, chez les morts je suis prêt à descendre ;
Mais le temps à la honte arrachera ma cendre ;
Les défenseurs du peuple et de l'humanité
Iront dans mon tombeau chercher la vérité ;
Leurs fideles récits sauront à la mémoire
Tracer de Jean Calas la malheureuse histoire,
Afin que les mortels qui font parler la loi
Soient frappés à mon nom d'un salutaire effroi.

Fin du quatrieme acte.

ACTE V.

La scene est dans la place publique où s'est
passé le premier acte.

SCENE PREMIERE.

Mᵐᵉ CALAS, LOUIS CALAS, PIERRE CALAS, LAVAÏSSE, LA SERVANTE.

MADAME CALAS.

Je n'irai pas plus loin, l'effort m'est impossible.
Je pourrai supporter d'un regard insensible
Les yeux des citoyens, la honte et le trépas.
Le reverrai-je encor? je ne l'espere pas.
Ô vous qui partagez le chagrin qui me tue,
Soutenez, mes enfants, votre mere éperdue !

LA SERVANTE.

Près de cette maison vous pouvez vous asseoir,
Là, sur ce banc de pierre.

MADAME CALAS.

Ah ! je veux le revoir.

LAVAÏSSE.

Les maux qu'elle a soufferts ont accablé son ame.

MADAME CALAS.

Ils finiront.

SCENE II.

LES MÊMES, LA SALLE.

LA SALLE.

Je vole auprès de vous, madame.

MADAME CALAS.

Pardonnez ; de ces lieux je n'ai pu m'arracher.

LA SALLE.

Je n'ai songé qu'à vous, et je viens vous chercher.
Tout vous offre en ces lieux une accablante image :
Avec votre malheur redoublez de courage ;
Au fond de votre cœur rassemblez vos vertus.

MADAME CALAS.

Rien ne rendra le calme à mes sens abattus.

LA SALLE.

Daignez m'entendre au moins.

MADAME CALAS.

                     Que reste-t-il à faire ?

LA SALLE.

Recevez un conseil que je crois salutaire.

MADAME CALAS.

Et quel est-il ?

LA SALLE.

Fuyez.

MADAME CALAS.

Mon époux malheureux. . . .

LA SALLE.

Fuyez, ne tardez point, quittez ces murs affreux :
Tout le peuple applaudit à cet arrêt impie.

MADAME CALAS.

Mon époux !

LA SALLE.

C'en est fait, il va quitter la vie.

MADAME CALAS.

J'ai tout perdu.

LA SALLE.

L'honneur, l'honneur n'est pas perdu.

MADAME CALAS.

Comment ?

LA SALLE.

A sa mémoire il peut être rendu.

MADAME CALAS.

Voilà donc aujourd'hui tout l'espoir qui me reste !
Cet avenir pour moi n'a rien que de funeste.
Et mes filles, grand Dieu !

LA SALLE.

Pourront suivre vos pas ;
Je viens d'en obtenir l'ordre des magistrats.
Dans le cloître sacré vos filles vous attendent ;
Courez les retrouver ; leurs sanglots vous demandent.

MADAME CALAS.

Et dans quels lieux traîner mes misérables jours?
Faudra-t-il des humains implorer les secours?
Non, tout ce qui respire est injuste et barbare.

LA SALLE.

Madame!...

MADAME CALAS.

Pardonnez ; le désespoir m'égare.
Où trouverai-je, hélas! des humains tels que vous?

LA SALLE.

Écoutez mes conseils.

MADAME CALAS.

Oui, je les suivrai tous ,
Je le veux , je le dois : mais plaignez ma misere ;
L'infortune m'accable , et ma raison s'altere.

LA SALLE.

De soulager vos maux j'ai cherché les moyens.
Ce jugement affreux, la perte de vos biens,
D'un plus doux avenir la lointaine espérance,
Auront autour de vous glacé la confiance.

MADAME CALAS.

Oui ; tels sont les amis.

LA SALLE.

J'ose attendre de vous ,
J'ose vous supplier, madame , à vos genoux....

MADAME CALAS.

Ciel!

LA SALLE, *lui offrant une bourse*
  pleine d'or.
  Daignez accepter....

MADAME CALAS.

                    Homme simple et sublime,
Dont j'admire en pleurant la pitié magnanime,
Je n'ai besoin de rien.

LA SALLE.
  Comment ?

MADAME CALAS.

                    Je sais souffrir.

LA SALLE.
Vous dédaignez l'appui que je viens vous offrir !
Ce métal, inutile aux mains de l'avarice,
Prodigué par l'orgueil, perdu par le caprice,
Trop souvent des forfaits l'instrument abhorré,
Quand il sert la vertu, devient pur et sacré.

MADAME CALAS.
Héros de la justice et de la bienfaisance,
Qui vous rendra cet or?

LA SALLE.
  Le ciel, ma conscience.

MADAME CALAS, *recevant la bourse.*
Mon cœur est entraîné; non, je n'aurai jamais
L'orgueil de repousser vos généreux bienfaits :
Non; je vous rends justice, et rien ne m'humilie;
Je vous devrai l'honneur, je vous devrai la vie.

Mais où courir enfin ? dans les murs de Paris,
D'une mere aux abois faire entendre les cris?
Raconter mes douleurs, montrer mon infortune?
Hélas! aux gens heureux la plainte est importune;
Vous le savez. Un cœur qui n'a jamais souffert
Aux cris des opprimés est rarement ouvert:
Le faste corrompt l'ame, et la rend insensible.
Irai-je supplier un ministre inflexible,
Courber dans les palais mon front humilié,
Et mendier des grands l'insolente pitié?

LA SALLE.

Je connais un soutien plus sûr, plus honorable,
Plus auguste.

MADAME CALAS.

Et quel est ce mortel secourable?
Quel est ce protecteur qu'il nous faut révérer?

LA SALLE.

Sans honte et sans frayeur vous pourrez l'implorer.

MADAME CALAS.

Expliquez-vous.

LA SALLE.

Il est, près des monts helvétiques,
Un illustre vieillard, fléau des fanatiques,
Ami du genre humain; depuis cinquante hivers
Ses sublimes travaux ont instruit l'univers:
A ses contemporains prêchant la tolérance,
Ses écrits sont toujours des bienfaits pour la France.
La gloire, ce durable et précieux trésor,

La gloire, et la vertu, plus précieuse encor,
Couronnent à-la-fois le déclin de sa vie,
Et de leur double éclat importunent l'envie.

MADAME CALAS.

Mais quels droits aurons-nous?

LA SALLE.

La vertu, le malheur;
Tous les infortunés ont des droits sur son cœur.
Courez vous prosterner aux genoux de Voltaire:
Vous serez accueillis sous son toit solitaire;
Il vous tendra les bras; ses yeux dans cet écrit
Liront de vos revers un fidele récit.

MADAME CALAS.

Il nous protégera contre la tyrannie!

LA SALLE.

De ce devoir sacré j'ai sommé son génie.
Sous de nombreux tyrans le monde est abattu;
Mais un sage, un grand homme, ami de la vertu,
Faisant aux préjugés une immortelle guerre,
Fut créé pour instruire et consoler la terre.

MADAME CALAS.

Que ne puis-je à l'instant me jeter à ses pieds!

LA SALLE.

Que ne puis-je vous suivre aux lieux où vous fuyez,
Loin de ces murs sanglants y chercher un asyle!
Mais ici mon séjour vous sera plus utile
Pour calmer des esprits tourmentés par l'erreur,
Et dont la piété ressemble à la fureur.

2.   8

LOUIS CALÀS.

Ô ma mere, embrassons la derniere espérance.

MADAME CALAS.

Nous allons traverser les cités de la France,
Et rencontrer par-tout des mortels curieux
Qui verront notre honte écrite dans nos yeux.

LA SALLE.

Ils y verront aussi votre innocence écrite.

MADAME CALAS.

La voilà, diront-ils, la famille proscrite!
La pitié se taira dans le fond de leurs cœurs;
Ils oseront peut-être insulter à nos pleurs.
Mais que dis-je? Non loin de la rive chérie
Où nous courons chercher une ombre de patrie
Habite notre fils, dernier fruit de l'amour:
Ce fils, depuis six mois absent de ce séjour,
Quand il verra couler les larmes de sa mere,
Il l'interrogera sur son malheureux pere;
Et sa mere expirante, avec de longs sanglots,
Dira: « Ton pere est mort sous la main des bourreaux! »

LA SALLE.

Dieu cher aux tolérants, haï des fanatiques,
Dieu de tous les humains, non des seuls catholiques,
Tandis que tu reçois l'encens de l'univers
Devant toi rassemblé sous des cultes divers,
Tu vois ces opprimés: unis pour leur défense
Tes dons les plus parfaits, la gloire et l'éloquence;

Fais d'un injuste arrêt triompher l'équité,
Et que l'humaine erreur cede à la vérité.

SCENE III.

LES MÊMES, JEAN CALAS, LE RELI-GIEUX, LE PEUPLE, SOLDATS.

LOUIS CALAS.

Que vois-je? on vient à nous. Mon vénérable pere!...

MADAME CALAS.

Ciel, anéantis-moi !

JEAN CALAS, *à ses enfants.*

Secourez votre mere ;
Prenez soin de ses jours ; ne songez point à moi.

SCENE IV.

LES MÊMES, CLÉRAC.

CLÉRAC.

Il n'a rien avoué! Mais c'est lui que je voi.
(*à Jean Calas.*)
Parlez.

JEAN CALAS.

Que voulez-vous?

CLÉRAC.

Je viens, je veux entendre
L'aveu, la vérité, que j'ai droit de prétendre.

JEAN CALAS.

La vérité n'est pas ce que vous espérez.

CLÉRAC.

Vos complices encor ne sont pas déclarés.

JEAN CALAS.

N'étant point criminel, je n'ai point de complices.

CLÉRAC.

Le ciel vous punirait par d'éternels supplices.
Avouez tout.

JEAN CALAS.

Je sens que de pareils aveux
Flatteraient votre oreille et combleraient vos vœux :
Je deviendrais coupable ; et ce mensonge impie
Flétrirait justement le terme de ma vie.

CLÉRAC.

Quoi! sans remords, cruel, au moment de la mort !

JEAN CALAS.

Vous m'appelez cruel! vous parlez de remord!

CLÉRAC.

A l'endurcissement votre cœur s'abandonne!

JEAN CALAS.

Je vous pardonne tout ; que le ciel vous pardonne !
Vous, peuple dont l'erreur me conduit au trépas,
Adieu ; peut-être un jour vous pleurerez Calas.
Adieu, ville natale ; adieu, chere patrie,

Où j'ai vu s'écouler le songe de la vie.

Le temps fuit; Dieu m'appelle; et mon cœur transporté

S'arrête avec respect devant l'éternité.

Fort de mon innocence, il me reste un refuge;

Jean Calas est absous par l'infaillible juge.

J'ai vécu, j'ai souffert; il faut encor souffrir!

    (*On entend la cloche.*)

Ma femme, mes enfants, adieu; je vais mourir.

    (*Jean Calas est suivi d'une grande partie du*
      peuple, qui revient avec le Religieux.)

S C E N E V.

Mme CALAS, LES DEUX FILS DE JEAN
  CALAS, LAVAÏSSE, LA SERVANTE,
  CLÉRAC, LA SALLE, LE PEUPLE,
  SOLDATS.

MADAME CALAS, *revenant à elle, mais éga-*
    rée par la douleur.

Où suis-je? dans quels lieux revois-je la lumiere?

Quel funebre nuage a couvert ma paupiere?

Quel objet, quel spectacle à mes sens retracé. . . .

Je cherche vainement; c'est un songe effacé.

Un songe! et cependant mon ame consternée. . . .

Eh quoi! de mes enfants je suis environnée!

Quel est donc, mes enfants, le sujet de vos pleurs?

LA SALLE.

Ses sens sont égarés.

PIERRE CALAS.

Nous pleurons vos malheurs.

MADAME CALAS.

Je ne vous comprends pas. Je suis donc malheureuse!
Oui, d'un profond chagrin l'image douloureuse
Revient en traits confus s'offrir à mes esprits.
Je vois... Je me souviens... Le premier de mes fils...
C'était pendant la nuit... Un cachot solitaire...
Des juges... un arrêt... Où donc est votre pere?
Où donc est mon époux? j'ai besoin de le voir.
Vous ne répondez point! pourquoi ce désespoir?
Quel désastre imprévu faut-il que je redoute?
Nos yeux dans un moment le reverront sans doute.

LES DEUX FILS DE JEAN CALAS, LAVAÏSSE,

LA SERVANTE.

Jamais.

MADAME CALAS.

Comment! jamais!

CLÉRAC.

S'il était innocent?...

Ciel! j'étais convaincu; je doute maintenant.

LA SALLE.

Ah! vous doutez bien tard!

CLÉRAC.

Le pontife s'avance;
Et je vais à mon tour entendre ma sentence.

SCENE VI.

LES MÊMES, LE RELIGIEUX, SOLDATS.

LE RELIGIEUX.

Pleurez tous, et prenez les vêtements du deuil,
Un juste est descendu dans l'ombre du cercueil.

CLÉRAC.

Un juste ! lui ?

LE RELIGIEUX.

J'ai vu périr votre victime.

CLÉRAC.

Jusqu'au dernier moment il a nié son crime ?

LE RELIGIEUX.

Avec tant de vertu puissé-je un jour mourir !

LA SALLE, à *Clérac.*

Ses tourments sont finis ; commencez à souffrir.

LE RELIGIEUX.

Il sortait de ces lieux suivi d'un peuple immense ;
Tout gardait à l'entour un lugubre silence :
D'un pas ferme et tranquille il marchait près de moi,
Sans orgueil, sans colere, ainsi que sans effroi :
Ce vieillard, achevant sa derniere journée,
Présentait aux regards de la foule étonnée,
Au lieu d'un front courbé sous le poids du remord,
Le front d'un innocent que l'on mene à la mort.

Il reconnaît de loin les apprêts d'un supplice
Que le crime peut même accuser d'injustice ;
Il se trouble, il s'arrête, il détourne les yeux :
Puis, levant tout-à-coup ses regards vers les cieux,
Tous ses traits ont brillé de ce grand caractere
D'un mortel détrompé des erreurs de la terre,
Et qui, par les humains déclaré criminel,
Va se justifier aux pieds de l'Éternel.
Je ne vous peindrai point sa mort lente et terrible,
De l'art des meurtriers raffinement horrible,
Industrieux tourment par la rage inventé,
L'opprobre de nos lois et de l'humanité ;
Mais ses derniers discours, ses dernieres pensées
Jamais de mon esprit ne seront effacées.
Poussé d'un mouvement peut-être un peu cruel,
J'ose lui demander s'il n'est point criminel ;
J'offre à ses yeux mourants un Dieu plein de clémence,
Pour qui le repentir est encor l'innocence :
Sa réponse a frappé jusqu'au fond de mon cœur :
Vous aussi ! m'a-t-il dit d'un ton plein de douceur.
J'entends encor sa voix pénible et déchirante,
Et ces mots qui tombaient de sa bouche mourante.
A ce seul souvenir vous me voyez pleurer.
Hélas ! j'ai vu bientôt le vieillard expirer,
Pour sa femme et ses fils priant la Providence,
Plaignant les magistrats et l'humaine prudence,
Leur pardonnant encore à ses derniers soupirs :
C'est ainsi qu'autrefois périssaient nos martyrs.

CLÉRAC.

Il n'a rien avoué?

LOUIS CALAS.

Rien, juge sacrilege.

CLÉRAC, *à part.*

Ah! je ne puis cacher le trouble qui m'assiege.

(*haut.*)

Songez que mon devoir, la justice, la loi. . . .

MADAME CALAS.

Songez que vous parlez devant le ciel et moi.
Quand vous avez traîné l'innocence au supplice,
Vous osez pronoucer le nom de la justice!
Frémissez bien plutôt à ce terrible nom.
L'excès de mon malheur m'a rendu la raison.
Rangez-vous, mes enfants, auprès de votre mere;
Quittez ces lieux souillés du massacre d'un pere;
Et vous, prêtres cruels, magistrats odieux,
D'une épouse en fureur entendez les adieux.
Un jour viendra, sans doute, où, las de tant de crimes,
Le ciel doit satisfaire aux cris de vos victimes.
On ne vous verra plus, entourés de bourreaux,
Dominer sur la France au milieu des tombeaux;
Sur vos fronts orgueilleux les foudres vont descendre;
Du malheureux Calas ils vengeront la cendre;
Son nom sera sacré; vos noms seront flétris;
Et je mourrai contente en voyant vos débris.

SCENE VII.

CLERAC, LA SALLE, LE RELIGIEUX, LE PEUPLE, SOLDATS.

CLÉRAC.

Il n'a rien avoué! longue et stérile étude!
Nature des mortels! faiblesse! incertitude!

(*Il sort.*)

SCENE VIII.

LA SALLE, LE RELIGIEUX, LE PEUPLE, SOLDATS.

LA SALLE.

Peuple, observez-le bien, ce juge infortuné;
A d'éternels remords le voilà condamné;
A ses yeux décillés le jour commence à luire:
Ce spectacle terrible est fait pour vous instruire.
Maintenant, vérité, fais entendre ta voix
Contre un assassinat commis au nom des lois.
Qu'enfin la liberté succede au despotisme,
La douce tolérance au sanglant fanatisme;
Une loi juste et sage à ce code insensé
Qu'avec la cruauté l'ignorance a tracé;

Des juges citoyens aux magistrats coupables
Qui faisaient un métier de juger leurs semblables ;
Au vil orgueil des rangs la fiere égalité :
Que tout se renouvelle ; et que l'humanité
Chez le peuple français trouve à jamais un temple,
L'infortune un asyle, et le monde un exemple !

Fin de Jean Calas.

CAÏUS GRACCHUS,

TRAGÉDIE,

Représentée pour la premiere fois à Paris,
sur le théâtre de la République, le 9 fé-
vrier 1792.

Des lois, et non du sang.
ACTE II, SCENE II.

2.

9

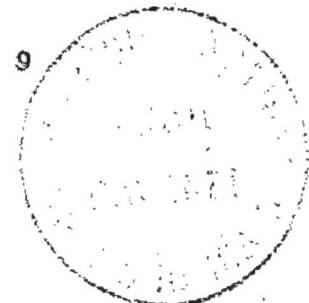

PERSONNAGES.

CAÏUS GRACCHUS.

CORNÉLIE, mère de Gracchus.

LICINIA, épouse de Gracchus.

FULVIUS FLACCUS.

OPIMIUS, consul.

DRUSUS, tribun du peuple.

LE FILS DE GRACCHUS.

LE PEUPLE.

CHEVALIERS.

SÉNATEURS.

LICTEURS.

SUITE.

La scene est dans Rome.

CAÏUS GRACCHUS,

TRAGÉDIE.

ACTE PREMIER.

La scene est dans l'intérieur de la maison de Gracchus. A la droite du théâtre, un peu dans l'enfoncement, on voit une urne funéraire posée sur un socle de granit.

La piece commence vers la fin de la nuit.

SCENE PREMIERE.

CAÏUS GRACCHUS, LICINIA.

GRACCHUS.

VA, ne m'étale plus ces timides alarmes.

LICINIA.

Tu me fuis, cher époux !

GRACCHUS.

Je fuis loin de tes larmes.

LICINIA.

Renonce à tes desseins.

GRACCHUS.

Rien ne peut les changer.

LICINIA.

Au danger que tu cours. . . .

GRACCHUS.

Qu'importe le danger?

LICINIA.

Écoute les conseils d'une épouse qui t'aime.

GRACCHUS.

J'écoute et la patrie, et le ciel, et moi-même,
La voix de l'équité, le cri de la vertu,
Le cri d'un peuple entier sous le joug abattu,
Qui languit dans l'opprobre et dans la servitude.
Oui, dût-il me payer par son ingratitude,
Gracchus le soutiendra jusqu'au dernier moment;
Et dès long-temps aux dieux j'en ai fait le serment.

LICINIA.

Tu me parles toujours de ce serment funeste !
Ces dieux, ces mêmes dieux que ta fureur atteste,
De concert avec moi devraient te désarmer :
Tu leur as fait aussi le serment de m'aimer.

GRACCHUS.

Cruelle! à ton époux ce reproche s'adresse!

LICINIA.

D'époux ! en ai-je encor? j'ai perdu sa tendresse;

Et ma voix, mes conseils, qui veulent son bonheur,
Ne savent plus trouver le chemin de son cœur.

GRACCHUS.

Arrête, et songe enfin que ce discours me blesse.
Voudrais-tu des tyrans m'inspirer la faiblesse?
On les voit adorer de coupables beautés;
A leurs pieds chaque jour changeant de volontés,
De leurs vœux inconstants échos toujours fideles,
N'entendre, ne penser, et n'agir que par elles;
Tandis que sans pudeur, régnant par les desirs,
Elles vendent l'état pour payer leurs plaisirs.
Une ame citoyenne, un fils de Cornélie,
Sait aimer son épouse et chérir la patrie:
A ces deux sentiments je cede tour-à-tour;
Mais l'intérêt public marche avant mon amour.

SCENE II.

GRACCHUS, LICINIA, CORNÉLIE.

CORNÉLIE.

Dans l'ombre de la nuit quelle voix me réveille?

GRACCHUS.

C'est la voix d'un Romain qui frappe votre oreille.

CORNÉLIE.

Est-ce toi, mon cher fils? A cette heure! en ces lieux!

GRACCHUS.

Ma mere, dès long-temps le repos fuit mes yeux.

CORNÉLIE.

Mon fils, profite mieux de la bonté céleste :
Ce qu'on nomme la vie est un présent funeste ;
Mais la pitié des dieux, parmi tant de fléaux,
Nous donna le sommeil pour soulager nos maux.

GRACCHUS.

Mes maux sont ceux de Rome.

CORNÉLIE.

Il est vrai.

GRACCHUS.

Cornélie...

CORNÉLIE.

Caïus...

GRACCHUS.

Autour de nous veille la tyrannie.

CORNÉLIE.

Je le sais.

GRACCHUS.

Elle veille au forum, au sénat,
Dans le temple des dieux, au sein du tribunat.

CORNÉLIE.

Eh bien?

GRACCHUS.

La liberté, que par-tout on exile,
Veille au moins chez Gracchus ; mon toit est son asyle.

LICINIA.

Ainsi Rome est esclave! ainsi la liberté
Au sein de nos remparts n'a jamais existé!
Oses-tu le penser? Ces dieux de la patrie,
Ces fameux Scipions, aïeux de Cornélie,
Brutus, Publicola, tous ces grands sénateurs,
Des murs de Romulus les seconds fondateurs,
Sous le vain nom du peuple agissant pour eux-même,
N'ont-ils fait qu'usurper l'autorité suprême?
Ne sont-ils à tes yeux que de nouveaux tyrans,
Successeurs de nos rois sous des noms différents?
Ah! du peuple romain que l'intérêt t'anime,
Mais n'exagere pas un sentiment sublime;
Écarte ce nuage étendu sur tes yeux,
Et ces sombres chagrins d'un cœur ambitieux.
Je te vois entouré de gloire et de puissance:
Tant d'honneurs obtenus au sortir de l'enfance
De ton frere lui-même auraient comblé les vœux:
Chacun te porte envie, et tu n'es point heureux!

GRACCHUS.

Non, je ne le suis point lorsque la république
Voit, sans briser le joug, un sénat despotique
Au gré de son caprice anéantir nos lois,
Et donner aux Romains des tribuns de son choix.
Par combien de bassesse et de vils artifices
N'a-t-il pas triomphé dans nos derniers comices!
Pour la troisieme fois les vœux des citoyens

Allaient nommer Caïus au rang de leurs soutiens ;
Mais le sénat, lassé d'un tribun populaire,
A séduit l'indigence avide et mercenaire ;
Par l'or des sénateurs Drusus est élevé
A ce rang glorieux qui m'était réservé.
Chaque jour, chaque instant accroît leur injustice.
Hier Opimius faisait un sacrifice ;
Quintus, un des licteurs, n'a pas craint d'insulter
A ceux qui sur mes pas venaient s'y présenter :
Le peuple est implacable au moment qu'on l'offense ;
Quintus a de ses jours payé son insolence.
Le consul, aussitôt convoquant le sénat,
Croit qu'un tel châtiment va renverser l'état.
On dirait, à l'aspect de sa crainte frivole,
Que Brennus est encore au pied du Capitole ;
Et tous les sénateurs, qu'Opimius conduit,
Sont pour ce grand objet rassemblés cette nuit.
Ils ne m'abusent point par ces grossieres feintes :
Je crois à leur vengeance, et non pas à leurs craintes.
Ces tyrans de la terre, au sang accoutumés,
Du meurtre d'un licteur ne sont pas alarmés ;
Ils le sont de mes lois ; leur insolente rage
De mon frere et de moi veut détruire l'ouvrage ;
Contre la liberté tout semble conspirer :
Mais, puisqu'il est des dieux, j'ose encore espérer.

LICINIA.

Ils ont abandonné votre malheureux frere.
Malgré tant de vertus, le sort lui fut contraire ;

Et contre le sénat son imprudent effort....

GRACCHUS.

Acheve, ne crains rien; rappelle-moi sa mort.

LICINIA.

Hélas !

GRACCHUS.

Rappelle-moi ce jour où leur furie
L'osa frapper au sein des dieux de la patrie,
Sous l'œil de Jupiter, en ce lieu révéré
Que la mort d'un grand homme a rendu plus sacré.
J'étais bien jeune alors : au récit d'un tel crime,
Je vais, je cours m'offrir pour seconde victime.
J'adresse aux meurtriers des cris mal entendus;
Les yeux noyés de pleurs et les bras étendus,
Pour la premiere fois employant la priere,
Je leur demande au moins les restes de mon frere :
Et ce frere et la mort, ils m'ont tout refusé.
Au mépris des tyrans son cadavre exposé
Fut jeté dans le Tibre, et l'onde épouvantée
Roulait avec respect sa tête ensanglantée.
Près de ce bord fatal, solitaire, et conduit
Par les faibles lueurs de l'astre de la nuit,
Par les traces du sang que je suivais sans cesse,
Par la faveur du ciel, sur-tout par ma tendresse,
Je vis, je rassemblai ses membres dispersés;
Ma bouche s'imprima sur ces membres glacés,
Et ma main déposa sa cendre auguste et chere
Dans l'urne où l'attendait la cendre de mon pere.

CORNÉLIE.

Chagrin toujours nouveau pour un cœur maternel!
Jour de sang! premier jour de mon deuil éternel,
Où du peuple romain la douleur importune
En stériles sanglots m'apprit mon infortune,
Où je vis à mes pieds le second de mes fils
De mon fils égorgé m'apportant les débris!
D'abord mon désèspoir eut quelque violence;
Bientôt nos pleurs amers s'écoulaient en silence;
Tous deux nous embrassions ces restes généreux;
Sur nos seins palpitants nous les serrions tous deux:
Ô prodige! il semblait que ses cendres émues
Sentaient avec plaisir nos larmes confondues.

LICINIA.

Grands dieux!

CORNÉLIE.

            Licinia, vous répandez des pleurs!
Ce n'est pas tout encor. Pour calmer ses douleurs
Caïus abandonné n'avait que Cornélie:
A ses destins alors vous n'étiez point unie.
Les grands applaudissaient au trépas d'un héros;
Et moi, près de Caïus étouffant mes sanglots,
(Quel tourment, quel devoir, hélas! pour une mere!)
De la mort de mon fils je consolais son frere.

GRACCHUS.

Ô ma mere! il est vrai.

CORNÉLIE.

            Tu t'en souviens, Caïus!

Moi, je me consolais en voyant tes vertus.

LICINIA.

Hélas ! de ses vertus quelle est la récompense?
Si les Romains charmés vantent son éloquence,
S'il est l'appui du peuple, un sénat ombrageux
Lui fera payer cher cet honneur dangereux.
Caïus doit-il des siens repousser la tendresse?
Ah! des chagrins publics le tourmentent sans cesse:
Désormais tout l'appelle en ces paisibles lieux;
Ses yeux y trouveront et sa mère et ses dieux,
Et son unique enfant, présent des destinées,
Dont l'œil a déja vu s'écouler cinq années ;
Sa tendre épouse enfin, que son cœur doit chérir,
Aux regards d'un époux viendra souvent s'offrir.
Caïus auprès des siens, si Caïus veut m'en croire,
Connaîtra le bonheur, qui vaut mieux que la gloire.

CORNÉLIE.

Non, non, Licinia, n'abusez point son cœur;
Parlez de son devoir, et non de son bonheur.
Voulez-vous, dites-moi, lorsque dans la tribune
Et de Rome et du monde on regle la fortune,
Qu'il soit dans ses foyers lâchement retenu,
Et qu'entré sur la terre il en sorte inconnu?
Les hommes tels que lui sont nés pour la patrie;
Il lui doit ses talents, ses travaux et sa vie:
Jusqu'à son dernier jour qu'il s'enchaîne à l'état,
Qu'il abaisse les grands, qu'il résiste au sénat,
Que du peuple sans cesse il prenne la défense;

Un immortel renom sera sa récompense.
Il sait braver, attendre, et subir les revers;
Et quand les sénateurs, ces tyrans, ces pervers,
Feraient tomber sur lui l'exil et la mort même,
Dans le sein de l'exil, à son instant suprême,
Sans daigner accuser ses destins rigoureux,
Si la patrie est libre, il sera trop heureux.

SCENE III.

GRACCHUS, LICINIA, CORNÉLIE, FULVIUS.

GRACCHUS.

On vient.

LICINIA.

C'est Fulvius, c'est ton ami fidele.

FULVIUS.

Défenseur des Romains, vole où Rome t'appelle.

GRACCHUS.

Quel attentat nouveau se prépare aujourd'hui?

FULVIUS.

Le sénat veut la guerre entre le peuple et lui.

GRACCHUS.

De la part du sénat rien ne doit me surprendre.

FULVIUS.

Il va nous attaquer; songeons à nous défendre.

Opimius peut tout ; un décret du sénat
Remet entre ses mains le salut de l'état.
De ses nombreux clients la place est assiégée :
De Quintus, a-t-il dit, la mort sera vengée.
Telle est son espérance, et nous pouvons juger
Comment, sur quels Romains il prétend la venger.
Aux sommets d'Aventin tout le peuple en alarmes,
Par mes soins rassemblé, veut recourir aux armes :
Car je n'ai point cherché ces faibles citoyens
Vendus à leurs plaisirs, esclaves de leurs biens ;
Amollis par le luxe, ils ont besoin de maîtres :
J'ai cherché ces Romains qui, suivant nos ancêtres,
Dans le sein du travail et de la pauvreté
Conservent de leurs mœurs la mâle austérité,
Et, des murs du sénat séparés par le Tibre,
Semblent seuls parmi nous respirer un air libre.
Ces vertueux Romains, réunis à ma voix,
Vont jurer en ces lieux de défendre nos lois :
Pour rassurer leurs cœurs dans ces craintes publiques,
Ils cherchent ta présence et tes dieux domestiques ;
Tes foyers sont pour eux un temple respecté
Que l'encens des tyrans n'a jamais infecté.

GRACCHUS.

De ce peuple opprimé les vertus me sont cheres.

SCENE IV.

GRACCHUS, LICINIA, CORNÉLIE, FULVIUS, LE PEUPLE.

GRACCHUS.

CITOYENS, mes égaux, mes amis, et mes freres,
Venez quelques moments respirer dans mon sein ;
La maison de Gracchus est au peuple romain.
D'un sénat oppresseur vous voyez l'insolence ;
Chez des républicains le peuple est sans puissance ;
Et le monde, par vous soumis à vos tyrans,
Voit dans les mèmes fers gémir ses conquérants.
Auprès des sénateurs dépouillez la contrainte :
Si vous les abordez sans respect et sans crainte,
Non les regards baissés, tels qu'au pied des autels
On vous voit présenter vos vœux aux immortels,
Non comme les soutiens, les protecteurs du Tibre,
Mais comme vos égaux, membres d'un peuple libre ;
Si vous foulez aux pieds l'orgueil patricien ;
Enfin si vous pouvez, fiers du nom plébéien,
Sourds aux vains préjugés d'une antique noblesse,
Concevoir votre force et sentir leur foiblesse ;
Tous ces droits éternels que vous avez perdus,
Soyez sûrs qu'en un jour ils vous seront rendus.
Détruisez, renversez ces abus sacrileges,
Tous ces vols décorés du nom de privileges.

Jusqu'ici, peu jaloux de votre dignité,
Vous avez adoré le nom de liberté :
Elle n'existe point dans les remparts de Rome,
Par-tout où l'homme enfin n'est point égal à l'homme.
Mais la fin de vos maux est en votre pouvoir ;
Et punir ses tyrans c'est remplir un devoir.

LE PEUPLE.

Jusqu'au fond de nos cœurs sa voix se fait entendre ;
C'est la voix de son frere.

GRACCHUS.

Amis, voyez sa cendre.
Là de Tibérius les débris consumés
Par la main fraternelle ont été renfermés.
Vous l'avez tous connu : ce sublime génie,
Cher au peuple romain, craint de la tyrannie,
Cette voix, ces accents, que vous n'entendrez plus,
Ces foudres d'éloquence et ces mâles vertus,
Cet œil où respiroit son ame ardente et fiere ;
Tout est là, citoyens, tout n'est plus que poussiere.
Honorez de vos pleurs ce sacré monument,
Et déposons sur lui notre commun serment.

FULVIUS.

Aux destins de Gracchus les vrais Romains s'unissent.
Prononce le serment, tous nos cœurs applaudissent.

GRACCHUS.

Ô mon frere ! en ces lieux que ton cœur a chéris,
Sous le toit paternel, et devant ces débris
Aussi saints que les dieux adorés dans nos temples,

Nous jurons (a) d'imiter tes généreux exemples,
De servir, de défendre avec fidélité
Les intérêts du peuple et de la liberté.
Si nos cœurs se rendoient coupables d'inconstance,
Puissions-nous obtenir pour notre récompense
Le trépas, le remords abreuvé de poisons,
Et l'opprobre éternel qui suit les trahisons!

CORNÉLIE.

Généreux citoyens, que le ciel vous seconde!
Allez, et préparez la liberté du monde.
Toi, mon fils, mon soutien, mon unique trésor,
Par qui Tibérius semble exister encor,
Du fond de l'urne sainte et chere à la patrie,
Dis-moi, n'entends-tu pas une voix qui te crie:
« Mon frere me survit; je suis mort égorgé;
« Dix ans sont écoulés, je ne suis point vengé »?
Écoute, mon cher fils, et le ciel et ta mere;
Sois docile à la voix de ton malheureux frere;
Sois sensible à ses cris qui te sont adressés;
Fais payer au sénat les pleurs que j'ai versés;
Prends, reçois ce poignard des mains de Cornélie;
Sans remords, sans délai, frappe la tyrannie;
Cours, vole, en répandant le sang des inhumains,
Venger ton frere, toi, ta mere, et les Romains.

(a) Caïus, en prononçant ces mots, étend la main vers
l'urne de Tibérius; Fulvius et le peuple font le même
mouvement.

GRACCHUS.

Donnez ; je prends ce fer, je le prends pour défendre
Un sang que le sénat peut songer à répandre,
Ou pour me délivrer des tyrans et du jour,
Si notre liberté succombait sans retour.
Modérez toutefois l'ardeur qui vous emporte :
Contre les sénateurs votre haine est bien forte ;
Rome sait à quel point mon cœur doit les haïr,
Mais c'est avec la loi que je veux les punir ;
D'un autre châtiment la violence extrême
Est indigne de moi, d'un frere, et de vous-même.
Votre fils ne doit point imiter le sénat,
Et venger un héros par un assassinat.

CORNÉLIE.

Ah ! les patriciens seront moins magnanimes ;
Ils sont depuis long-temps accoutumés aux crimes.

LICINIA.

De tes vils ennemis si la barbare main....
Je ne puis achever.

GRACCHUS.

    S'ils me percent le sein,
J'aurai fait mon devoir, je reverrai mon frere.

LICINIA.

Tu peux abandonner ton épouse et ta mere !

GRACCHUS.

Quand ma mort de vos yeux fera couler des pleurs,
Ma gloire au moins pourra consoler vos douleurs.

LICINIA.

Et notre fils, cruel!....

GRACCHUS.

Son pere le confie
A tes soins, chere épouse, à ceux de Cornélie.

FULVIUS.

Que Rome en cet enfant reconnaisse un Gracchus.

GRACCHUS.

Fille de Scipion, vous, fille de Crassus,
Qui toutes deux m'aimez, et qui m'êtes si cheres,
Rentrez; aux immortels adressez vos prieres.
Vous, descendants de Mars, venez, au nom des lois,
Sur des usurpateurs reconquérir vos droits.
Qu'un peuple roi de nom cesse enfin d'être esclave:
Il est temps d'abaisser un sénat qui vous brave;
Il est temps d'abolir la distance des rangs.
Je pouvais augmenter le nombre des tyrans;
Au sein de mes foyers, aux camps, à la tribune,
J'ai depuis mon berceau suivi votre fortune;
Du sénat en fureur j'affronterai les coups,
Et mes derniers soupirs seront encor pour vous.

Fin du premier acte.

ACTE II.

Pendant cet acte et le troisieme la scene est dans la place publique. La tribune est au milieu de la place. Le fond du théâtre re-présente une vue de Rome. On doit distin-guer le Capitole, des jardins, des palais, et le Tibre dans le lointain.

SCENE PREMIERE.

OPIMIUS, DRUSUS, SÉNATEURS, CHEVALIERS, LICTEURS.

OPIMIUS.

Sénateurs, chevaliers, clients des sénateurs,
De la grandeur romaine illustres protecteurs,
Le feu long-temps caché de la guerre civile
Est tout près d'éclater au sein de notre ville :
Hâtez-vous de l'éteindre ; et songez que Gracchus
Est le premier auteur du meurtre de Quintus.
Vous savez que, docile aux projets de son frere,
Comme lui du sénat implacable adversaire,

Par une loi conforme aux vœux des plébéiens,
Il prétend vous ravir vos honneurs et vos biens :
Je sais que dans ces lieux il doit bientôt paraître ;
C'est à vous d'arrêter les complots de ce traître.
Toi qui viens d'obtenir l'honneur du tribunat,
Et qui dois ta fortune aux bontés du sénat,
As-tu pour le servir employé ta prudence?
As-tu des plébéiens caressé l'inconstance?
Et le nom de Gracchus, trop long-temps révéré,
A l'oreille du peuple est-il encor sacré?

DRUSUS.

Il suffit, j'ai parlé; sois sans inquiétude :
Tu sais, Opimius, quelle est la multitude.
Sa faveur, qu'on obtient et qu'on perd en un jour,
Semble à ce nom célèbre échapper sans retour.
Le peuple obéira; que le sénat ordonne.
En admirant Gracchus le peuple l'abandonne;
Mais le nom du sénat est par-tout respecté.

OPIMIUS.

S'il est ainsi, Drusus, Rome est en sûreté.
Suivi des factieux notre ennemi s'avance.
Qu'il leur fasse admirer sa fougueuse éloquence;
Dans la tribune encor nous entendrons sa voix;
Du moins nous l'entendrons pour la derniere fois.

SCENE II.

LES MÊMES, GRACCHUS, FULVIUS, PEUPLE.

GRACCHUS.

CONSUL, autour de toi pourquoi donc cette armée?

OPIMIUS.

La liberté, Caïus, n'en peut être alarmée :
Le salut de l'état en mes mains est remis.
Hier au sein de Rome un meurtre s'est commis ;
Tu le sais.

GRACCHUS.

Des Romains j'ai blâmé la vengeance
Autant que du licteur j'ai blâmé l'insolence.

FULVIUS.

Avant d'oser parler du meurtre de Quintus
Il faut venger la mort de l'aîné des Gracchus.
Romains, aux sénateurs on a vendu sa tête ;
Du dernier Scipion elle fut la conquête.

GRACCHUS.

Depuis ce jour fatal cette image en tous lieux
De son aspect sanglant vient effrayer mes yeux.
Où fuir? où l'éviter dans les remparts de Rome?
Irai-je au Capitole où périt ce grand homme?

Irai-je en mes foyers, qu'il avait habités,
Le nommer, le chercher, trouver de tous côtés
Ses pas, son souvenir, son absence éternelle,
Et partager en vain la douleur maternelle?
Ah! pour le bien public étouffons nos regrets.
Romains, tout doit céder aux communs intérêts;
C'est par votre bonheur qu'il faut venger mon frère:
Retirons de l'oubli ce projet salutaire
Qui devait de nos murs chasser la pauvreté,
Et que dans la tribune il avait présenté;
Entre les citoyens resserrons la distance,
Écartons les besoins, arrêtons l'opulence.
Nous voyons les trésors acheter les honneurs,
Et déja nous perdons nos vertus et nos mœurs.
Si bientôt, dès ce jour, une main prompte et sûre
Ne guérit de l'état la profonde blessure,
Je vois dans l'avenir des maux plus dangereux:
Nos grands seront des rois, ils s'uniront entre eux;
Et l'aristocratie, ou le joug monarchique,
Écraseront enfin la puissance publique.
S'il fallait partager les biens de vos aïeux,
Et le champ paternel habité par vos dieux,
Ma loi commanderait le vol et les rapines;
L'état n'offrirait plus que de vastes ruines:
Mais aux patriciens quel pouvoir a transmis
Les champs des nations, les biens des rois soumis?
Ceux qui dans les combats ont exposé leur tête
Ont tous un droit égal aux fruits de la conquête:

Fixez donc l'étendue et la somme des biens
Dont pourront désormais jouir les citoyens;
De vos champs usurpés commencez le partage,
Divisez entre vous le public héritage:
C'est par de telles lois, c'est par l'égalité
Qu'on peut à Rome encor rendre sa liberté.

OPIMIUS.

La liberté, Caïus, n'est pas l'indépendance:
Pourquoi pousser le peuple à tant de violence?
Contre ses protecteurs oses-tu l'animer?
Tu l'as rendu féroce; il est fait pour aimer.
S'il se laissait tromper par tes projets coupables,
Dans peu, je le prédis, ces lois impraticables
Sèmeraient la discorde au milieu de l'état,
Et perdraient à-la-fois le peuple et le sénat.
Peux-tu nous reprocher des trésors, des richesses,
Qu'aux Romains indigents prodiguent nos largesses?
Dans les calamités notre zèle et nos soins
N'ont-ils pas en tout temps prévenu leurs besoins?
Peuple, n'écoutez pas des plaintes indiscretes;
Sur vos chagrins publics, sur vos peines secretes,
Vos peres, vos patrons auront toujours les yeux:
Respectez le sénat, craignez les factieux.

GRACCHUS, *à la tribune.*

Ce respect filial et cette dépendance
Pouvait servir l'état quand Rome en son enfance
Croyait dans les Tarquins chasser tous les tyrans:
Vous n'imiterez pas vos aïeux ignorants;

Quatre siecles entiers ont accru les lumieres ;
Vous n'avez plus besoin de patrons ni de peres ;
Mais il faut que les biens que vous avez conquis
Avec égalité soient enfin répartis.
Vainqueurs des nations, est-ce assez d'esclavage ?
Les monstres des forêts ont un antre sauvage ;
Ils évitent du moins sous des rochers déserts
Les traits brûlants du jour, la rigueur des hivers,
Et, quand la nuit survient, dans le creux des montagnes
Ils goûtent le sommeil auprès de leurs compagnes :
Et vous, le peuple roi, l'élite des humains,
Vous, descendants de Mars, et citoyens romains,
Vous, dans le monde entier qu'embrassent vos conquètes,
Vous n'avez point d'asyle où reposer vos têtes :
Maîtres de l'univers, quittez ce nom si beau ;
Vous n'avez pas un antre, et pas même un tombeau.

(*Il descend de la tribune.*)

LE PEUPLE.

Il est trop vrai ; les grands ont comblé nos miseres :
Il nous faut désormais des lois plus populaires.

DRUSUS, *montant à la tribune.*

Redoutez, citoyens, vos premiers mouvements ;
N'imitez point Caïus en ses emportements.
Quoi ! les représentants de la grandeur romaine
Ont-ils donc en effet mérité votre haine ?
Vous les méconnaissez ; ils sont vos vrais soutiens :
Défiez-vous. . . .

GRACCHUS.

Tribun, cher aux patriciens,
Toi qui t'enorgueillis d'être un de leurs complices,
A quel prix leur vends-tu ton zele et tes services !

DRUSUS, *à la tribune.*

Mon zele est pur, Caïus, il n'est point acheté ;
Je ne sers que l'état, la raison, l'équité :
Mais vous, Romains, mais vous, quelle est votre faiblesse !
Quels sont donc les héros que vous vantez sans cesse ?
Deux tyrans plébéiens, jaloux des sénateurs,
Deux freres que l'orgueil a rendus novateurs,
Renversant par degrés la liberté romaine,
Factieux par instinct, par intérêt, par haine,
Infectant vos esprits de leurs préventions,
Et pour vous subjuguer flattant vos passions ;
Voilà les grands exploits de Caïus, de son frere :
Ces bienfaits exceptés, dût ma franchise austere
D'un parti qui succombe irriter le courroux
J'oserai demander ce qu'ils ont fait pour vous.

(*Drusus s'assied dans la tribune.*)

FULVIUS, *accourant à la tribune.*

Ce qu'ont fait les Gracchus pour le peuple de Rome !
Est-il vrai ? Dans ces murs on peut trouver un homme
Qui parle des Gracchus et demande aujourd'hui
Au peuple rassemblé ce qu'ils ont fait pour lui !
Eux tromper les Romains ! c'est toi qui les égares.
Citoyens, alliés, étrangers, et barbares,

2.   11

Tout des grands, des préteurs, t'apprendra les forfaits ;
Tout de nos deux héros t'apprendra les bienfaits.
J'ai suivi les Gracchus du jour qui les vit naître :
L'univers les connaît ; j'ai dû les mieux connaître ;
A leurs divins travaux je fus associé,
Et ma plus grande gloire est dans leur amitié.
Ton châtiment sera le récit de leur gloire.
Voici ce qu'ils ont fait ; garde-s-en la mémoire :
Contre les magistrats les faibles protégés,
Par d'utiles moissons les pauvres soulagés ;
Ces moissons dans nos murs s'accumulant d'avance,
Tous les ans aux Romains assurant l'abondance ;
Des chemins somptueux s'ouvrant de toutes parts,
La cité d'Annibal relevant ses remparts ;
Enfin des monuments plus sacrés, plus augustes,
Des abus renversés, des lois saintes et justes,
Qui dans le monde entier fondaient la liberté,
Si le sénat romain n'avait pas existé.

LE PEUPLE.

Les Gracchus ont aimé le peuple pour lui-même :
Eux seuls ont mérité que le peuple les aime.

DRUSUS, *toujours à la tribune.*

Fulvius, si tu veux vanter les deux Gracchus,
Nomme les nations, les rois qu'ils ont vaincus ;
La fuite des Gaulois fut-elle leur ouvrage ?
Ont-ils dompté Pyrrhus et subjugué Carthage ?
Ces durs patriciens, ces cruels sénateurs,
Voilà nos généraux et nos triomphateurs.

Je vois de tous côtés des nations sujettes,
Contentes sous nos lois de leurs propres défaites ;
Des rois fiers de tenir leur sceptre de nos mains,
Et de monter au rang de citoyens romains ;
La république au loin s'étendant par la guerre,
Terminant son empire aux confins de la terre.
Il faut bien avouer que des exploits si grands
Ne sont dus qu'aux héros qu'on appelle tyrans.
Tant d'éclat, de succès, tant de siecles de gloire,
Sont-ils en un moment loin de votre mémoire ?
Est-ce un crime aujourd'hui d'oser s'en souvenir ?
Est-ce vos bienfaiteurs que vous voulez punir ?

(Il descend de la tribune.)

LE PEUPLE.

Non, jamais.

OPIMIUS, à Fulvius.

Au tribun crois-tu pouvoir répondre ?

FULVIUS.

Gracchus dans la tribune est prêt à le confondre.

LE PEUPLE.

Écoutons, c'est Gracchus. Il paraît agité.

GRACCHUS, remontant à la tribune.

Romains, je ne puis voir avec tranquillité,
Je n'entendrai jamais sans une honte extrême
Un magistrat du peuple, élevé par vous même,
Rendre aux patriciens des hommages si doux,
Et vous compter pour rien en s'adressant à vous.
Le tribun nous rappelle et Pyrrhus et Carthage ;

Mais la gloire des chefs est-elle sans partage?
L'honneur de commander à des soldats romains
N'a-t-il pas influé sur leurs brillants destins?
Sans tous les plébéiens morts pour la république
Dans les forèts d'Épire, aux campagnes d'Afrique,
Émile et Scipion, sans gloire et sans exploits,
N'auraient pas à leur char enchaîné tant de rois.
Plébéiens, vrais guerriers, je vois vos cicatrices:
Les nobles à la guerre ont cherché les délices,
Ils régnaient dans les camps; vous avez combattu:
Vos chefs ont triomphé quand vous avez vaincu.
Ils ont gardé pour eux la gloire et l'opulence,
Ils ne vous ont laissé que l'obscure indigence;
Ils ne vous ont laissé que le partage affreux
De travailler, de vaincre, et de mourir pour eux.
Sur les monts, sur les mers, chez des peuples barbares,
Votre sang a coulé pour des tyrans avares.
Mais que sont, après tout, aux yeux patriciens
Les travaux, les sueurs, le sang des plébéiens?
Drusus s'est bien rempli de leur orgueil farouche;
Le sénat tout entier a parlé par sa bouche.
Et vous osez, Romains, haïr les sénateurs!
Vous osez oublier qu'ils sont vos bienfaiteurs!
Ah! si vous en doutiez, si vos cœurs insensibles
Demandaient à Drusus des garants infaillibles,
Vous pourriez en trouver sans sortir de ces lieux,
Et de sanglants témoins sont présents à vos yeux.
C'est ici que mon frere a péri leur victime:

Mon frere vous aimait, et voilà tout son crime.
Au fond du Capitole allez interroger
Jupiter Protecteur qui le vit égorger.
Faisceaux, glaive, licteurs, or vil et sanguinaire,
Qui commandas le meurtre, et qui fus son salaire,
Et vous, temple sacré, tribune où tant de fois
Des Romains opprimés il défendit les droits,
Autel qu'il embrassait de sa main défaillante,
Tibre, où j'ai recueilli sa dépouille sanglante,
Élevez-vous, tonnez contre ce peuple ingrat;
Et qu'il apprenne enfin les bienfaits du sénat.

(*Il descend de la tribune.*)

LE PEUPLE.

Oui, voilà ses bienfaits; ils demandent vengeance.

OPIMIUS.

C'en est trop : d'un consul déployons la puissance.
Rangez-vous près de moi, sénateurs, chevaliers,
Vous tous, bons citoyens, intrépides guerriers.
La main de Scipion, aux exploits aguerrie,
A de Tibérius délivré la patrie :
On est tenté de suivre un exemple si beau,
Et tous les factieux ne sont pas au tombeau.
Quels sont les révoltés qui demandent vengeance
Lorsqu'on doit du sénat implorer l'indulgence?
Qu'ils sachent qu'à l'instant je puis les accabler;
Je n'ai qu'un mot à dire, et leur sang va couler.

LE PEUPLE.

Que tardons-nous encore à punir cette audace?

11.

GRACCHUS, *l'arrétant.*

Citoyens....

FULVIUS.

Tu l'entends; le consul nous menace.

LE PEUPLE.

Meurent les sénateurs!

GRACCHUS.

Citoyens, arrêtez.

LE PEUPLE.

Ils sont cruels.

GRACCHUS.

Sans doute; et vous les imitez.

LE PEUPLE.

Vengeons-nous.

GRACCHUS.

Arrêtez : malheur à l'homicide !
Le sang retombera sur sa tête perfide.
Des lois, et non du sang : ne souillez point vos mains.
Romains, vous oseriez égorger des Romains !
Ah! du sénat plutôt périssons les victimes ;
Gardons l'humanité, laissons-lui tous les crimes.

SCENE III.

LES MÊMES, CORNÉLIE, LICINIA,
LE FILS DE GRACCHUS.

LICINIA.

Ses jours sont en péril. Le voilà ; je frémis.

GRACCHUS.

Que vois-je ? mon épouse, et ma mere, et mon fils !

OPIMIUS.

Gardez-vous d'approcher.

GRACCHUS.

    Conservez votre vie.

OPIMIUS.

Fuyez ces lieux.

CORNÉLIE.

   Moi fuir ! Connais-tu Cornélie ?
Mere, auprès de mon fils je brave le danger :
Aux côtés de Caïus nous venons nous ranger ;
A ses côtés, c'est là le poste de sa mere.
Si j'avais dans le temple accompagné son frere,
J'aurais péri cent fois par vos coups inhumains
Avant que mon enfant fût tombé sous vos mains.

OPIMIUS.

J'excuse vos transports, je plains votre tendresse ;

Mais des esprits ardents qui fermentent sans cesse
Remplissent nos remparts de troubles éternels,
Et Caïus est le chef de tous ces criminels.

LICINIA.

Mon époux!

CORNÉLIE.

Qu'a-t-il fait?

OPIMIUS.

Sans cesse il nous outrage;
Il nourrit contre nous des sentiments de rage;
De son cœur ulcéré rien ne peut les bannir.

CORNÉLIE.

Et qu'a-t-il mérité?

OPIMIUS.

La mort doit le punir.

GRACCHUS, CORNÉLIE, LICINIA, FULVIUS,
LE PEUPLE.

La mort!

CORNÉLIE.

Non, non, cruel! c'est à moi qu'elle est due;
L'orgueil des Scipions dont je suis descendue,
Le nom, les dignités, le rang de mes aïeux,
Tous ces fantômes vains ne sont rien à mes yeux:
Mes fils, voilà mes biens, mes trésors, ma parure;
J'ai gravé dans leur cœur les lois de la nature,
Le respect pour le peuple, et l'amour de ses droits:
Au sein de leur berceau je leur ai dit cent fois

Qu'il faut de l'indigent soulager les miseres,
Que des patriciens les plébéiens sont freres;
Que l'homme en tout pays naît pour la liberté,
Et qu'il n'est de grandeur que dans l'égalité.
Tous deux ont cru leur mere, et leur mere est contente;
Ils ont par leurs vertus surpassé mon attente.
Je vous rends grace, ô dieux : j'ai porté dans mon sein
Deux mortels vraiment grands, l'honneur du nom romain.
Leur gloire impérissable à la mienne est unie;
L'univers avec eux citera Cornélie.
Si le sénat punit la gloire et les vertus,
C'est trop peu d'immoler le dernier des Gracchus :
Ne vous arrêtez point au milieu de vos crimes;
Consul, patriciens, voilà d'autres victimes;
Venez; près de Caïus vous voyez tous les siens.
Où sont vos meurtriers? ses forfaits sont les miens.
Par sa mere du moins commencez le carnage;
Sur mon corps déchiré frayez-vous un passage;
Payez de vos trésors nos cadavres sanglants,
Et goûtez à longs traits le plaisir des tyrans.

LE PEUPLE.

Vive des deux Gracchus la digne et tendre mere!

OPIMIUS.

C'est avec ces discours qu'on séduit le vulgaire;
Voilà par quels moyens les fléaux de l'état
Ont toujours désuni le peuple et le sénat.
Il est temps de finir ces sanglantes querelles.

LICINIA.

Et quel est ton dessein?

OPIMIUS.

De frapper les rebelles.

LICINIA.

Barbare! c'est ainsi....

OPIMIUS.

C'est ainsi que je dois
Prévenir le désordre et défendre les lois.

LICINIA.

Cesse d'éterniser la publique infortune ;
Voilà ton seul devoir. Au pied de la tribune,
Dans le sein du forum, à la face des dieux,
Les meurtres n'ont-ils pas épouvanté nos yeux?
Et des patriciens le courroux implacable
N'a-t-il pas fait couler un sang irréparable?
Que la pitié succede à tant d'inimitié.

GRACCHUS.

La pitié du sénat! l'orgueil est sans pitié.

OPIMIUS.

Crois-tu des sénateurs mériter la clémence?

GRACCHUS.

Je n'en ai pas besoin ; j'aime mieux leur vengeance.

OPIMIUS.

Eh bien!...

GRACCHUS.

Vil assassin, frappe, et fais ton devoir.

LICINIA.

Consul, n'écoute pas ses cris, son désespoir ;
Au nom de ton épouse écoute la nature.

OPIMIUS.

La loi parle.

LICINIA.

A tes pieds c'est moi qui t'en conjure.

GRACCHUS, CORNÉLIE, FULVIUS, LE PEUPLE.

Ô ciel !

GRACCHUS.

Licinia, l'épouse de Gracchus,
Aux genoux d'un consul ! aux pieds d'Opimius !

LICINIA.

Ah ! je n'en rougis point, je suis épouse et mere.
Que cet enfant, consul, te parle pour son pere.

OPIMIUS.

Écoutez : si Gracchus n'est pas un factieux,
Si le sang des Romains lui semble précieux,
De ses intentions le sénat veut un gage.

GRACCHUS.

J'y consens ; quel est-il ?

OPIMIUS.

Cet enfant pour ôtage.

LICINIA.

Mon fils !

OPIMIUS.

Licinia, ne craignez rien pour lui.

GRACCHUS, *aprés un silence très marqué.*
Citoyens, de la paix je veux être l'appui,
A cet objet sacré mon cœur se sacrifie,
Et voici mon enfant qu'à tes mains je confie.
Que le sénat pourtant n'espere rien de moi;
Au peuple souverain je garderai ma foi.
Que devant Jupiter ce traité s'accomplisse:
Courons au Capitole implorer sa justice;
Qu'il accueille aujourd'hui nos paisibles serments;
Et périsse à nos yeux, au milieu des tourments,
Tout Romain, tout mortel qui par la violence
Osera dans ces murs établir sa puissance,
Qui versera du sang, qui détruira les lois,
Et qui voudra du peuple anéantir les droits!

Fin du second acte.

ACTE III.

SCENE PREMIERE.

OPIMIUS, DRUSUS, LICTEURS.

OPIMIUS.

Oui, malgré notre haine et notre impatience,
Tu vois qu'il a fallu différer la vengeance :
Gracchus respire encore, et c'est pour nous braver.

DRUSUS.

Du piege qui l'attend rien ne peut le sauver.
La paix entre ennemis est de courte durée.

OPIMIUS.

Dans son cœur, dans le mien la paix n'est point jurée.

DRUSUS.

Qu'importe le courroux de ce fier plébéien,
Impuissant ennemi du nom patricien ?
Contre tout son parti les juges et les prêtres
Feront parler les lois, les dieux de nos ancêtres :
Les dieux, les lois, consul, c'est par-là qu'on séduit ;
Et c'est avec des mots que le peuple est conduit.

OPIMIUS.

Quel est donc sur les cœurs l'ascendant du génie,
D'une éloquente voix quelle est la tyrannie,

2.
12

Si l'orgueil irrité d'un sénat tout-puissant
L'écoute avec respect et cede en frémissant!
Les talents de Gracchus, le souvenir d'un frere,
La vertu, les aïeux, le grand nom de sa mere,
Tout contre le sénat semblait parler pour lui,
Et plus que tu ne crois le peuple est son appui.
Ah! si dans les esprits on pouvait le détruire,
Si, ne pouvant le vaincre, on pouvait le séduire!
Au nom du bien public et de son intérêt
Je viens d'en obtenir un entretien secret:
Jusqu'à flatter Caïus je saurai me contraindre:
Si je puis l'ébranler nous n'avons rien à craindre;
Nous le verrons, Drusus, expirer sous les coups
D'un peuple qu'il osait exciter contre nous.

DRUSUS.

Je le crois : cependant si Caïus inflexible
Oppose à tes discours une ame inaccessible,
Si les séductions irritent ses mépris.....

OPIMIUS.

Au même instant, Drusus, sa tête est mise à prix.
J'aurai soin de hâter des rigueurs nécessaires;
Le sénat a besoin de la mort des deux freres.
La main de Scipion fit tomber le premier,
Et des bras éprouvés puniront le dernier.
Il vient, retire-toi.

(*Drusus sort.*)

SCENE II.

OPIMIUS, GRACCHUS, LICTEURS.

GRACCHUS.

Tu n'as pas mon estime.
Tu me hais dès long-temps, et ton sénat m'opprime.
Au nom du bien public tu m'as fait appeler,
Et par-tout à ce nom tu me verras voler.
Que veux-tu?

OPIMIUS.

Qu'entre nous l'inimitié s'oublie.
C'est l'intérêt de Rome, il nous réconcilie;
Que la cause du peuple et des patriciens
Désormais réunie ait les mêmes soutiens.
Les talents, les vertus qui te rendent illustre,
Pourront, si tu m'en crois, briller d'un plus beau lustre.
Je sais que ton esprit, assiégé de soupçons,
De bonne heure a sucé de funestes leçons;
Un dangereux exemple a séduit ton enfance;
Et de Tibérius la coupable imprudence...

GRACCHUS.

Consul, que les tyrans qui l'ont fait égorger
Devant son frere au moins cessent de l'outrager.
Poursuis.

OPIMIUS.

Je ne veux pas insulter sa mémoire;

En plaignant ses erreurs je respecte sa gloire :
Mais toi, qui parmi nous tiens sa place aujourd'hui,
Instruit par ses revers, sois plus sage que lui.
Il en est temps encor, cherche à te mieux connaître ;
Vois quel est ton destin, vois quel il pouvait être.
La tribune est ici le chemin des honneurs ;
Mais, loin de les aigrir, il faut gagner les cœurs.
Tu pouvais obtenir la pourpre consulaire,
Transmettre à tes enfants un rang héréditaire,
Et, porté par la gloire au milieu du sénat,
Être un des protecteurs de Rome et de l'état.
Oses-tu préférer à ces grands avantages
Quelques brillants succès mêlés de tant d'orages,
Les applaudissements des plébéiens flattés,
Et le nom trop fameux d'un chef de révoltés?
Oui, d'un reproche amer excuse l'énergie ;
Rougis en contemplant ta longue léthargie :
Éveille-toi, Caïus, et regarde avec moi
Quels sont les partisans d'un Romain tel que toi ;
Un ramas d'indigents et de vils prolétaires,
Dont les grands par pitié se sont faits tributaires,
Et qui, dans le forum ligués contre les grands,
Comblés de nos bienfaits, nous appellent tyrans ;
Voilà ceux dont Caïus est le flatteur docile.
Ah ! ce n'était point là le parti de Camille ;
Et les deux Scipions, tes illustres aïeux,
N'étaient point protégés par quelques factieux.
Descendant des héros, choisis-les pour modèles ;

Laisse là des amis légers et peu fideles ;
Range-toi du parti de nos antiques lois,
Et gouverne avec nous les peuples et les rois.

GRACCHUS.

Consul, est-ce à Gracchus que ce discours s'adresse ?
Crois-tu qu'à ton projet le peuple s'intéresse ?
J'aurais été surpris qu'un membre du sénat
Eût daigné s'occuper du bien de tout l'état.
Mais c'est moi qui m'abuse, et ton humeur altiere
Voit dans les sénateurs la république entiere ;
Le reste des humains disparaît à tes yeux,
Et tous les plébéiens sont des séditieux.
Toi, dont l'orgueil barbare insulte au misérable,
Pour être infortuné crois-tu qu'on soit coupable ?
La pauvreté du peuple exclut-elle ses droits ?
S'il est des indigents, c'est la faute des lois ;
C'est votre avidité qui fait leur indigence ;
C'est vous qui séduisez leur docile ignorance ;
C'est vous, patriciens, vous qui les corrompez ;
Sur leur propre intérêt c'est vous qui les trompez.
Ils ne sont pas toujours chargés de vos outrages ;
Sitôt qu'au champ de Mars ils donnent leurs suffrages,
Leur pauvreté, consul, n'a plus rien de honteux,
Et l'orgueil du sénat se courbe devant eux.
Je les vois sur vous tous exercer leur empire,
Bassement courtisés quand ils doivent élire,
Rejetés loin de vous quand ils n'élisent plus,
Dignes de vos mépris quand ils vous ont élus.

12,

OPIMIUS.

Toi qui ne souffres point qu'on outrage ton frere,
Parle avec moins de haine, avec moins de colere;
N'insulte pas, Gracchus, un sénat redouté.

GRACCHUS.

Et toi, n'insulte pas Rome et l'humanité.
Tu dois plus de respect, plus de reconnaissance
Au peuple que tu sers, et qui fait ta puissance.

OPIMIUS.

Il suffit. Terminons tous ces vains différends.
Tu peux être l'égal ou le fléau des grands,
L'ami des sénateurs, ou bien leur adversaire:
Crains de te repentir du choix que tu vas faire;
Tel est l'unique objet qui nous rassemble ici;
Et je veux sa réponse à l'instant.

GRACCHUS.

La voici:

Je ne transige point avec la tyrannie;
La querelle du peuple à ma cause est unie;
A de vils préjugés rien ne peut m'asservir,
Et pour l'égalité je veux vivre et mourir.

OPIMIUS.

L'égalité! ce mot stérile et chimérique,
Qu'on répete toujours, que jamais on n'explique,
De tous les préjugés renferme le plus grand;
Et la nature humaine est mon premier garant.
L'assassin, le brigand, un esclave imbécille,
Égalent-ils Brutus, Scévola, Paul-Émile?

D'un fantôme adoré déserte les autels ;
L'inégalité regne au milieu des mortels :
Les vertus, les talents, et sur-tout l'opulence,
Établissent entre eux un intervalle immense ;
Rien ne peut de ces dons surmonter l'ascendant,
Et du riche en tous lieux le pauvre est dépendant.

GRACCHUS.

Tu feins, Opimius, de ne me pas comprendre :
Écoute ; je savais avant que de t'entendre
Quelle est l'autorité des talents, des vertus,
Et de l'or, ce pouvoir que tu vantes le plus :
Eh bien ! ni les vertus, ni l'or, ni le génie,
Ne peuvent justement fonder la tyrannie.
Les membres d'un état, égaux devant les lois,
Unis des mêmes nœuds, ont tous les mêmes droits.
La nature aux mortels n'a point donné d'entraves ;
Elle n'a point créé des tyrans, des esclaves ;
Elle a créé, consul, la sainte égalité,
Et sa main dans nos cœurs grava la liberté.
Des seuls patriciens ce n'est point le partage ;
Elle appartient au monde ; et ce grand héritage
Est à tous les humains dispensé par les cieux,
Tel que l'astre du jour qui luit pour tous les yeux.

OPIMIUS.

C'est ainsi que le peuple est bercé d'un systême
Dangereux pour l'état, dangereux pour lui-même.

GRACCHUS.

Ce système, consul, ne peut nuire à l'état ;

Il peut servir le peuple aux dépens du sénat.

OPIMIUS.

Songes-tu que ton fils est en notre puissance?

GRACCHUS.

J'y songe, et les tyrans chérissent la vengeance.
Je donnerais mes jours pour conserver mon fils,
Et tu vois à ce nom tous mes sens attendris.
Si vous croyez avoir besoin d'un nouveau crime,
Tigres, frappez encor cette tendre victime;
Vous me verrez toujours braver votre pouvoir,
Et mourir de douleur en faisant mon devoir.

OPIMIUS.

Caïus, je plains ta haine, et je voudrais l'éteindre.

GRACCHUS.

Ne plains pas la vertu; le crime est seul à plaindre.

OPIMIUS.

Qui voudra t'imiter et se perdre avec toi?

GRACCHUS.

Quand il ne resterait que Fulvius et moi....

OPIMIUS.

Fulvius! et crois-tu qu'à lui-même contraire
Il oubliera toujours son rang de consulaire?
S'il osait s'expliquer, et s'il n'éprouvait pas
Quelque honte secrète à faire un premier pas,
Aux intérêts du peuple il serait infidele;
L'occasion lui manque; il l'attend, il l'appelle,
Prêt à se rallier à la cause des grands...

GRACCHUS.

Tu veux nous désunir, et c'est l'art des tyrans.
Fulvius, me dis-tu, mon ami, n'est qu'un traître!
Non, je ne le crois point. Mais je le vois paraître.
Tu frémis à ses yeux; ta rougeur te dément.

SCENE III.

OPIMIUS, GRACCHUS, FULVIUS,
LICTEURS.

GRACCHUS.

Fulvius, le consul m'assure en ce moment
Que tu veux abjurer la cause populaire,
Et qu'aux patriciens tu t'efforces de plaire.

FULVIUS.

Moi, grands dieux! au sénat je pourrais me lier!

GRACCHUS.

Viens; ne t'abaisse pas à te justifier;
Viens, embrasse un ami qui t'aime et qui t'estime:
Un cœur tel que le tien n'est pas fait pour le crime.
Chef des patriciens, on s'est osé flatter
Que Gracchus était vil et pouvait s'acheter.
Cours apprendre au sénat que son attente est vaine;
Et ne marchande plus la liberté romaine.

OPIMIUS.

Je vole à son secours. Dans le fond de mon cœur

Un reste de pitié parlait en ta faveur :
Je te plaignais, Caïus, et ma main protectrice
A voulu t'arrêter au bord du précipice.
Adieu. De ma douceur je suis enfin lassé.
Ennemis du sénat, votre regne est passé :
Si vous ne craignez point vos complots parricides ,
Et le remords secret qui s'attache aux perfides ,
Et la haine de Rome , et le ciel en courroux ,
Craignez le châtiment qui tombera sur vous.

SCENE IV.

GRACCHUS, FULVIUS.

GRACCHUS.

Si tu dois triompher, je ne crains que la vie.

FULVIUS.

Attendrons-nous, Gracchus, qu'elle nous soit ravie ?
Quelques patriciens dont le cœur m'est lié
Par les nœuds toujours chers d'une tendre amitié ,
Trompant de leur sénat la rage criminelle,
M'ont appris ses desseins par un récit fidele.
Si la séduction avait pu t'avilir,
Par le peuple en fureur on t'aurait fait punir.

GRACCHUS.

Que dis-tu ?

FULVIUS.

Si ton cœur, zélé pour la patrie,

Osait d'Opimius rejeter l'offre impie,
On devait publier un décret du sénat
Qui tous deux hous déclare ennemis de l'état.

GRACCHUS.

Le sénat....

FULVIUS.

Il n'est plus de frein qui le retienne ;
Ce décret met à prix et ta tête et la mienne.

GRACCHUS.

Quel mystere d'horreur !

FULVIUS.

C'est peu d'être proscrits ;
Le sénat veut encor que nous mourions flétris.
Les juges, préparant leurs arrêts redoutables, ...

GRACCHUS.

Ils sont patriciens ; nous serons tous coupables.

FULVIUS.

Les prêtres, colorant ces desseins odieux,..

GRACCHUS.

Ils sont patriciens ; je sais l'avis des dieux.

SCENE V.

GRACCHUS, FULVIUS, CORNÉLIE,
LICINIA.

CORNÉLIE.

Songe à toi, mon cher fils ; un sénat sacrilege
Aux meilleurs citoyens prépare un nouveau piege ;
On parle d'un décret, de toi, de Fulvius :
Il est bien des Romains égarés ou vendus.
Les discours séduisants, les perfides caresses,
Les éloges flatteurs, les bienfaits, les promesses,
L'or, premier des tyrans, premier des séducteurs,
Drusus prodigue tout au nom des sénateurs.

LICINIA.

De quelques vrais Romains que peut le vain courage ?
L'éclair nous avertit ; laissons passer l'orage :
Fuyons. Quelques amis jusqu'aux monts Apennins
Sont prêts à nous guider par de secrets chemins.
Déja la sombre nuit couvre les sept collines,
Et descend par degrés sur les plaines voisines :
Viens ; nous suivrons tes pas au bout de l'univers,
De cités en cités, dans le fond des déserts :
Les lieux où tu vivras seront notre patrie ;
Une épouse qui t'aime, une mere chérie,
Adouciront le poids de tes calamités,
Et nous pourrons du moins mourir à tes côtés.

GRACCHUS.

Avec la liberté tu veux que je m'exile!
Quand Rome existe encor, moi chercher un asyle!
Fuir au sein de la nuit, par des chemins secrets,
Comme un brigand chargé du poids de ses forfaits!
Abandonner ce peuple au sénat qui l'opprime!
Déserter ma patrie! Y songer est un crime.
Et que penserait-on de l'indigne soldat
Qui fuirait ses drapeaux au moment du combat?
Non; l'aspect du péril agrandit le courage:
Combattre les tyrans fut toujours mon partage.
C'est ici qu'à nos droits ils osent insulter:
C'est ici qu'est mon poste, et j'y prétends rester;
Et, quand sous leurs efforts Rome entiere chancelle,
Je dois relever Rome, ou tomber avec elle.

FULVIUS.

Je t'approuve, et je cours ramener en ces lieux
Le peu de citoyens dignes de nos aïeux.
Gracchus est en péril, et le peuple sommeille!
Les tyrans sont vainqueurs; que le peuple s'éveille.
Je veux que ses débris, par un dernier effort,
Portent chez l'oppresseur l'épouvante et la mort.
Pleins d'un beau désespoir tentons la destinée.
Si ce jour est pour nous la derniere journée,
Aux esclaves du moins nous ferons nos adieux,
Et c'est la liberté qui fermera nos yeux.

SCENE VI.

GRACCHUS, CORNÉLIE, LICINIA.

LICINIA.

Tibérius n'est plus; il nous restait son frere;
Un héros tel que lui peut consoler sa mere.
Si vous aviez voulu, vous l'auriez vu toujours
Le charme, le soutien et l'honneur de vos jours.
De vos leçons peut-être il sera la victime;
Et son trop de vertu l'a plongé dans l'abyme.
Vous savez le pouvoir de ses fiers ennemis:
Je crains pour mon époux, je tremble pour mon fils;
Je ne puis immoler mon cœur à la patrie.
Au plus grand des Romains j'ai consacré ma vie:
Je l'aime; je le dois. Songez que mon époux
Est un don précieux que j'ai reçu de vous.
N'aimeriez-vous pas mieux, vous mere, vous sensible,
Briller ainsi que moi de son éclat paisible,
Que de voir votre fils proscrit, persécuté,
Succombant sous les coups d'un sénat irrité?

CORNÉLIE.

Vous me connaissez mal: si l'on venait me dire,
Caïus avec les grands va partager l'empire;
Fatigué de sa gloire, infidele à l'état,
Il a vendu le peuple à l'orgueil du sénat:

Honteuse d'être mere, et pleurant sa naissance,
Je le désavoûrais, je fuirais sa présence;
J'irais, dans un désert traînant mes jours flétris,
Survivre loin de Rome à l'honneur de mon fils.
Mais si l'on m'annonçait qu'il est mort en grand homme,
En se sacrifiant aux intérêts de Rome,
Le coup serait affreux pour mon cœur gémissant;
Je mourrais de douleur, mais en l'applaudissant:
Je dirais, Sa vertu ne s'est point démentie;
Il a vécu trop peu pour moi, pour la patrie;
Mais, ce qui doit au moins calmer mon désespoir,
Jusqu'à sa derniere heure il a fait son devoir.

GRACCHUS.

Vous serez satisfaite, et votre fils, ma mere,
Mourra digne de vous et digne de son frere.

LICINIA.

Quel bruit se fait entendre? et d'où partent ces cris?

SCENE VII.

GRACCHUS, CORNÉLIE, LICINIA,
FULVIUS, LE FILS DE GRACCHUS,
LE PEUPLE.

FULVIUS.

Caïus, Licinia, reprenez votre fils.

GRACCHUS, LICINIA.

Notre fils!

CORNÉLIE.

Est-il vrai?

GRACCHUS.

Rome est-elle tranquille?

FULVIUS.

Non. Le peuple à ma voix quittait son humble asyle :
Bientôt les sénateurs, nous joignant à grands pas,
De Gracchus et des siens demandaient le trépas :
Le consul a donné le signal du carnage ;
Le sang coule ; et Drusus, scélérat sans courage,
Tenant ton fils unique, et l'offrant à nos yeux,
Menace d'immoler cet enfant précieux.
Il est sauvé, conquis par ce peuple intrépide ;
L'éclair qui fend les cieux, la foudre est moins rapide :
Vaincu par la terreur, tout fléchit devant nous ;
Le perfide Drusus est tombé sous nos coups ;
Et, lorsqu'Opimius à le venger s'apprête,
Nos amis enlevaient leur illustre conquête,
Et criaient, en serrant ton fils entre leurs mains :
« C'est l'enfant de Gracchus, c'est l'espoir des Romains. »

GRACCHUS.

Que ne vous dois-je pas, citoyens magnanimes?

FULVIUS.

Opimius frémit ; il a besoin de crimes.
Nous avons des soldats, il a des assassins,
Et je t'ai dévoilé ses sinistres desseins.
Déja, réunissant leurs fureurs mercenaires,
Esclaves, affranchis, étrangers, et sicaires,

Grossissaient à l'envi les forces du sénat,
Et vendaient au consul notre sang et l'état.
Sans doute à la victoire il ne faut plus prétendre ;
Mais nous aurons du moins l'honneur de te défendre :
Le peuple, que tu sers, veut aussi te servir ;
Et, s'il ne peut plus vaincre, il peut encor mourir.

GRACCHUS.

La mort est pour moi seul.

LICINIA.

Opimius s'avance.

SCENE VIII.

GRACCHUS, CORNÉLIE, LICINIA,
FULVIUS, LE FILS DE GRACCHUS,
OPIMIUS, SENATEURS, CHEVA-
LIERS, LICTEURS, SUITE, PEUPLE.

OPIMIUS, *tenant le décret du sénat.*

ROMAINS, il faut livrer Gracchus à ma vengeance.

CORNÉLIE.

Te livrer mon enfant !

LICINIA.

Mon époux !

LE PEUPLE.

Notre appui !
15.

FULVIUS.

C'est là qu'il faut passer pour aller jusqu'à lui.
(*Fulvius et le peuple forment un rempart entre*
Gracchus et le parti du sénat.)

GRACCHUS.

Arrête, Fulvius.

FULVIUS.

Et qu'importe ma vie ,
Si je puis conserver Gracchus à la patrie?

OPIMIUS.

Le sénat veut Gracchus ; Romains , hésitez-vous?

GRACCHUS, *à la tribune.*

Patriciens, le ciel sera juge entre nous.
J'ai voulu dans ce jour empêcher le carnage ,
Au point de vous livrer mon enfant comme ôtage ;
J'ai tout fait, tout tenté pour conserver la paix ;
Mais vous vouliez du sang , vous vouliez des forfaits.
Vous, nés tous plébéiens, foulés par la noblesse,
Citoyens, dont la rage , ou plutôt la faiblesse ,
A la voix du sénat vient pour m'assassiner ,
Puisqu'on vous a trompés je dois vous pardonner.
Mais vous , patriciens, comptez sur la vengeance ;
Le peuple tôt ou tard reprendra sa puissance.
Romains, ralliez-vous, rassemblez vos débris ;
Les dieux s'adouciront, ils entendront vos cris :
Ne désespérez point ; la liberté de Rome
Ne dépendra jamais de la perte d'un homme.

Viens, mon fils ; crains les dieux, chéris l'humanité,
Sois le soutien du peuple et de la liberté.
Je remets ce dépôt aux mains de Cornélie.
Épouse, mere, enfant, pour qui j'aimais la vie,
Ami tendre et fidele, et vous, peuple romain,
Serrez-vous près de moi, j'expire en votre sein.

(*Il se frappe.*)

FULVIUS, CORNÉLIE, LICINIA, LE PEUPLE,

OPIMIUS.

Ciel !

(*Tous les personnages tombent aux pieds de
Gracchus, à l'exception d'Opimius.*)

GRACCHUS.

J'épargne du sang. Dieux protecteurs du Tibre,
Voici mon dernier vœu ; que le peuple soit libre !

(*Il expire.*)

OPIMIUS.

Il meurt, mais il triomphe, et je sens le remord.
Qu'un homme libre est grand au moment de sa mort !

Fin de Caïus Gracchus.

FÉNÉLON,

OU

LES RELIGIEUSES DE CAMBRAI,

TRAGÉDIE,

Représentée pour la premiere fois à Paris, sur le théâtre de la République, le 9 février 1793, l'an 2 de la république française.

DISCOURS PRÉLIMINAIRE.

ENTRE les hommes qui ont mérité le nom de grands, Fénélon fut celui de tous qui a le plus allégé le poids de l'admiration, puisqu'il en a fait un plaisir et non pas une dette. Son nom seul inspire une vénération tendre, une bienveillance respectueuse. La simplicité de son ame, la supériorité de son esprit, cette sensibilité profonde, source de toutes les vertus, cette éloquence persuasive et touchante qui les inspire et les fait aimer, tout en lui donne l'idée d'une nature perfectionnée, et semble réaliser les brillants mensonges des poëtes, premiers théologiens des nations, lorsque, pour expliquer le système du monde, ils ont imaginé des esprits célestes chargés d'entretenir l'harmonie universelle, et formant un moyen terme entre l'homme et la Divinité.

Ce fut à la fin de 1791 que, le cœur échauffé d'idées tragiques, faisant encore parler le dernier des Gracques, cet éloquent et courageux martyr de la cause populaire, je sentis en relisant *Télémaque* le desir de représenter sur la scene son immortel auteur, de communiquer, de converser, pour ainsi dire, avec cette ame douce, et d'ébaucher le modele de la vertu sans tache à l'époque même où j'esquissais celui du patriotisme pur et de l'énergie républicaine. Une anecdote rapportée par d'Alembert, dans son *Éloge de Fléchier*, me fournit les premiers matériaux de mon ouvrage. Je savais que Charles Pougens, citoyen dont j'estime les talents et la personne, et dont l'amitié m'est chere, avait tracé sur cette anecdote intéressante quelques scenes pleines de verve et de sentiment. Je conçus le sujet avec plus d'étendue; j'inventai de nouveaux développements, des incidents plus

multipliés, un dénouement plus dramatique ;
enfin je crus pouvoir composer une tragédie en
cinq actes sur ce fonds , si simple en apparence. Mon respectable ami Palissot me per-
suada facilement de substituer Fénélon à
Fléchier , Cambrai à Nîmes ; et j'achevai en
peu de temps cette piece , car je l'écrivais
avec une émotion profonde, et sans me re-
froidir un instant sur mon travail, qui me
subjuguait tout entier.

Si l'on me demande maintenant pourquoi
j'ai substitué Fénélon à Fléchier , je répondrai
d'abord qu'ayant beaucoup changé l'anecdote
racontée sur Fléchier, la fable de ma tragédie est, à peu de chose près , d'invention. Je
n'ai fait qu'attribuer une action vertueuse à
un homme qui durant le cours de sa vie n'a
fait que des actions de cette nature, et dont
le nom rappelle le mot vertu. En second lieu,

2. 14

malgré le mérite de Fléchier, mérite que je
crois sentir autant qu'il est possible, Fléchier,
de quelque maniere qu'on l'envisage, est fort
loin d'être Fénélon. Il n'offrait à représenter
ni cette ame pure et divine, ni cette éloquence philanthropique, ni cette philosophie
du cœur, qui ont rendu l'auteur de *Télé-*
maque si remarquable, même parmi les
grands hommes du dernier siecle.

En voilà déja trop sans doute pour les per-
sonnes qui savent penser et sentir. J'ajouterai
cependant que, sous un point de vue qui
n'est point à négliger, le personnage de Fénélon avait encore un grand avantage sur celui
de Fléchier relativement à l'époque où se
trouvent la France et l'Europe. A la cour du
plus orgueilleux despote qui fut jamais, Fénél-
lon fut un philosophe et un *patriote*. Son
commerce perpétuel avec les poëtes et les

orateurs des républiques grecques lui avait fait
contracter la passion et l'habitude de ce beau
idéal qui éclatait dans les arts et dans les gou-
vernements de la Grece antique. Toutes ses
idées d'économie politique, ses erreurs même
dans l'établissement public de Salente, sont
empruntées des législateurs et des philosophes
de ces démocraties fameuses. Dans son écrit
intitulé *Direction pour la conscience des rois*
il a prédit en termes exprès un moment où
l'excessive autorité des monarques devait être,
non pas seulement diminuée, mais entière-
ment anéantie. Enfin les peintures énergiques
de l'insensé fils de Sésostris, du féroce Adraste
roi des Dauniens, du sombre et cruel Pygma-
lion, de l'infâme Astarbé, sont des monuments immortels de la haine qu'il portait
aux tyrans, et de son amour pour la liberté.
C'est parceque de tels sentiments remplis-
saient les pages de *Télémaque* que ce beau

livre déplut à Louis XIV ; et c'est pour la
même raison qu'il fut accueilli avec enthou-
siasme par la nation anglaise, qui, voisine
alors de la révolution de 1688, s'occupait
d'affermir sa liberté civile et politique, et non
d'épuiser ses finances, de compromettre son
commerce et sa gloire, pour combattre un
peuple libre et protéger la tyrannie.

Quelques spectateurs ont cru que la regle
de l'unité de lieu n'était point observée dans
la tragédie de *Fénélon.* Je répondrai qu'elle
est observée précisément de la même maniere que dans les chefs-d'œuvre de la scene
grecque et de la scene française. Je pourrais
citer une foule d'exemples fameux à l'appui
de mon assertion, qui ne paraîtra nouvelle
qu'aux hommes très peu instruits sur ces
matieres. Métastase, dans ses *Extraits de la
Poétique d'Aristote*, a traité la question de

maniere à ne laisser rien à desirer ni à dire.
Au reste, un jour viendra, je l'espere, où,
libre des travaux importants qui me pressent,
je pourrai, dans les discours qui précéderont
mes ouvrages dramatiques, me livrer à des
développements sur ce qu'on appelle les regles
de la tragédie. En attendant, je me permettrai
de faire remarquer que, depuis *le Cid* jusqu'à
Mérope et *Sémiramis*, c'est-à-dire durant
un long siecle de gloire pour le théâtre français, des hommes d'une extrême ignorance
en tout ce qui concerne l'art dramatique,
mais qui s'avisaient néanmoins de juger d'un
ton magistral Corneille, Racine et Voltaire,
ont eu soin de renouveler contre eux, à chaque
nouveau chef-d'œuvre de ces grands hommes,
le judicieux et docte reproche de n'avoir point
observé les regles.

Il est d'autres spectateurs qui, en versant

14.

des larmes à la représentation de Fénélon, n'ont pas laissé de conserver quelques
doutes sur le titre de tragédie que j'ai cru
devoir donner à cet ouvrage. C'est, je pense,
faute d'avoir bien conçu la nature du poëme
tragique. Mais, dit-on, la piece n'est point
terminée par une catastrophe sanglante. Si
cette objection était raisonnable, il s'ensui-
vrait que le *Philoctete* de Sophocle et le
Cinna de Pierre Corneille ne sont point des
tragédies. Je crois qu'il serait ridicule de répondre sérieusement à ceux qui prétendent
que les tragédies ne doivent être fondées que
sur les aventures des rois, des princes, des
conquérants, et des hommes placés à la tête
des états : je dirai seulement, et c'est une
chose incontestable, que la nature des poëmes
dramatiques, dans quelque genre que ce soit,
est tout-à-fait indépendante du rang qu'ont
tenu sur la scene du monde les personnages

représentés. Quand le ton est pathétique, simple et majestueux, quand les mœurs des personnages ont de la dignité, quand le but de l'auteur est constamment d'exciter les larmes, l'ouvrage est une tragédie. Quand les mœurs et le ton des personnages ont de la familiarité, quand l'auteur s'est attaché à peindre les ridicules, l'ouvrage est une comédie. Quand le but de la piece est d'exciter tantôt le rire et tantôt les pleurs, elle participe des deux genres, c'est une *tragi-comédie*, ou, si l'on veut, c'est un *drame*, puisque cette dénomination a prévalu. Des notions si simples n'auraient pas été embrouillées de nos jours, s'il ne s'était pas trouvé des hommes qui ont voulu se proclamer inventeurs, pour avoir défiguré en prose barbare un genre où la Chaussée avait mérité, par un style naturel et des peintures vraies, la réputation d'un bon poëte du second ordre, et s'il

ne s'était pas trouvé dans le même temps
d'autres hommes qui, condamnés au rôle d'i-
mitateurs par l'impuissance d'imaginer, ont eu
la prétention ridicule.de tracer un cercle au
génie, et lui ont crié, dans les académies,
dans les lycées, dans les journaux: « N'in-
« vente pas, puisque Corneille, Racine et
« Voltaire ont inventé. Chacun de ces hommes
« illustres s'est frayé des routes nouvelles ;
« donc il n'en faut plus ouvrir. Aucun d'eux
« n'a voulu répéter ce qu'avait dit son prédé-
« cesseur; donc il faut répéter ce qu'ils ont
« dit. Tous trois ils ont tenté d'être modeles ;
« donc il faut être imitateurs. »

Heureusement ces misérables théories ne
sont pas fort dangereuses, sur-tout lorsqu'on
veut juger complètement nos prétendus Quin-
tiliens, et comparer leur pratique à leur théo-
rie. On trouve dans tous leurs ouvrages, non

pas *la monotonie de la perfection*, comme
on l'a dit ingénieusement de Racine, mais *la
monotonie de la médiocrité*. Le regne de
cette médiocrité académique est désormais
consommé ; la liberté a fait justice des journaux privilégiés et des jurandes de bel-esprit.
On a oublié jusqu'au titre d'une foule d'ouvrages sans physionomie, qui ne pouvaient ni
donner ni ôter des idées. Les imaginations
s'embrasent et se fécondent dans la tourmente
révolutionnaire ; les talents se mûriront au
sein du calme constitutionnel ; des lois tuté-
laires se préparent concernant la propriété des
productions de l'esprit humain ; et le génie
des arts sourit en voyant sa carriere s'agrandir
avec les destinées de la république française.

J'ai dit au commencement de ce discours
que les tragédies de *Gracchus* et de *Fénélon*
furent composées dans le même temps, en

1791. Fidele au plan que je me suis tracé.de
bonne heure , voulant que chacun de mes
ouvrages puisse être considéré comme un acte
de civisme , je fis représenter sur-le-champ
Gracchus, qui attaquait d'une maniere di-
recte les préjugés aristocratiques. On se rap-
pellera qu'à cette époque il s'élevait en France
un parti puissant qui, sous le voile du *modé-
rantisme*, cachait le regret des privileges , et
n'oubliait aucun moyen de renverser la liberté
politique, à l'aide d'un trône contre-révolu-
tionnaire. Les chefs de ce parti étaient pour
la plupart ces membres de la minorité de la
noblesse qui , dans l'assemblée constituante,
plus adroits et plus dangereux que les autres
privilégiés, étaient venus s'asseoir parmi les
plus zélés appuis de la liberté pour neutraliser
le patriotisme. Ils étaient parvenus successive-
ment à séduire une foule de citoyens purs ,
mais faibles, mais incapables de se tenir dans

un égal éloignement des scélérats qui, au nom du peuple, foulent aux pieds les lois et la propriété, et des traîtres qui, au nom des lois, voudraient ressusciter le despotisme. On sent bien que *Caïus Gracchus* dut exciter les clameurs de ce parti modéré, qui dominait alors. Le succès de l'ouvrage n'en fut que plus brillant, et son influence n'en fut que plus sûre.

Maintenant ce parti n'existe plus. ou du moins il est sans force. Deux révolutions successives, entraînant dans leur cours les décombres féodaux et monarchiques, ont aplani le terrain sur lequel doit être élevé l'édifice des lois constitutionnelles; mais cet édifice s'écroulera s'il n'est fondé sur les bases de la morale publique. C'est donc cette morale qu'il faut créer; c'est là le but que doivent se proposer les législateurs, les philosophes, les

poëtes, les orateurs, ces véritables instituteurs
des nations ; c'est l'objet que j'avais spéciale-
ment en vue dès le temps même où je com-
posais la tragédie de Fénélon ; et j'ai cru
qu'elle ne pouvait être représentée dans une
époque plus convenable que celle où vont se
discuter les deux grands ouvrages de la consti-
tution républicaine et de l'éducation nationale.
J'ai cru encore qu'en nos jours, mêlés de
sombres orages, lorsque les mauvais citoyens
prêchent impunément le brigandage et l'assassinat, lorsque les vrais républicains, ceux
qui ont pu croire nécessaires les actes les plus
rigoureux de la justice nationale, pleurent
encore sur la moralité publique compromise
par les crimes du mois de septembre, il était
plus que temps de faire entendre au théâtre
cette voix de l'humanité qui retentit toujours
dans le cœur des hommes rassemblés. Par la
nature même des choses, la mission du poëte

dramatique, lorsqu'il est digne de la remplir, est d'un effet bien plus sûr que celle du philosophe qui compose un traité de morale. L'un apprend comment on est bon, l'autre inspire le desir de l'être; l'un disserte sur la vertu, l'autre la met en action, et la rend aimable et facile.

Appelé par les citoyens du département de Seine et Oise à l'honorable fonction de défendre la liberté, et d'affermir par des lois sages l'établissement de notre république naissante, je ne consacrerai que fort peu de veilles, durant la session actuelle, à composer des ouvrages dramatiques, quelle que puisse être leur utilité. Ce n'est pas que je partage l'opinion de ceux qui, faute de réfléchir, pourraient regarder les productions littéraires où la raison est embellie des couleurs de l'imagination, comme une occupation incompatible

2.   15

avec des études austeres, ou trop frivoles pour
des hommes revêtus d'un caractere public.
Sans même citer l'exemple et l'autorité de
Cicéron, cet immortel honneur du barreau,
du forum et du sénat de Rome ancienne, ce
n'est point à l'auteur qui a esquissé les portraits
du chancelier de l'Hôpital et de Fénélon qu'il
appartient de dédaigner dans aucune circon-
stance de sa vie les fleurs de la belle littérature,
que ces hommes illustres ont su cueillir au
milieu des soins et des devoirs nombreux de
leur vénérable ministere. Mais, livré tout entier à des travaux indispensables pour fonder
en France l'enseignement public et l'éducation
nationale, après avoir coopéré de tous mes
faibles moyens à ce grand bienfait que le peuple
français a droit d'attendre de ses représentants,
je rentrerai dans le silence du cabinet ; et,
encouragé par le souvenir d'avoir siégé dans
une assemblée qui a présidé au berceau de la

république, j'attaquerai encore au théâtre les préjugés de toute espece qui voudraient relever la tête ; j'y ferai verser quelques larmes sur les héros qui ne sont plus ; et je contribuerai peut-être, dans cette espece de tribune, à perfectionner les mœurs sociales, et à former insensiblement des hommes nouveaux pour les lois nouvelles.

PERSONNAGES.

FÉNÉLON, archevêque de Cambrai.

D'ELMANCE, commandant de Cambrai.

HÉLOÏSE.

AMÉLIE.

ISAURE.

L'ABBESSE.

LE MAIRE.

UN PRÊTRE.

CLERGÉ.

RELIGIEUSES.

OFFICIERS MUNICIPAUX.

PEUPLE.

La scene est à Cambrai. Le premier acte se passe dans l'intérieur d'un couvent de femmes, le deuxieme et le quatrieme dans un souterrain du même couvent, le troisieme et le cinquieme dans le palais de l'archevêque.

FÉNÉLON,

o u

LES RELIGIEUSES DE CAMBRAI,

TRAGÉDIE.

ACTE PREMIER.

SCENE PREMIERE.

AMÉLIE, ISAURE.

ISAURE.

Vos vœux seront comblés ; bientôt, jeune Amélie,
Vous allez partager le saint nœud qui nous lie ;
Votre bouche innocente, en face de l'autel,
Prononcera sans peine un serment éternel :
L'épreuve nécessaire est enfin achevée,
Et du nouveau prélat on attend l'arrivée.
Mais votre cœur soupire, et vous baissez les yeux !
Pourquoi ces longs regards qui parcourent ces lieux ?
J'ai quelques droits peut-être à votre confiance ;

Ne vous contraignez point, rompez ce dur silence :
Tout m'annonce un chagrin que vous voulez celer,
Et je vois que vos pleurs demandent à couler.

AMÉLIE.

Isaure, il est trop vrai, je ne puis m'en défendre ;
Un sentiment nouveau chez moi se fait entendre ;
Mon cœur, sur son état sans fruit interrogé,
Ne sait pas même encor comment il a changé.
Dans ce cloître sacré je dois passer ma vie,
C'est là mon seul asyle et ma seule patrie :
J'ignore les mortels qui m'ont donné le jour,
Et mes yeux en s'ouvrant ont connu ce séjour.
Toi-même fus témoin de mon impatience ;
Au destin de nos sœurs je m'unissais d'avance,
Je partageais leurs soins ; ma bouche à tout moment,
D'accord avec mon cœur, prononçait le serment :
Mais, dût-on m'accuser d'erreur ou de caprice,
L'heure approche, tout change ; et ce grand sacrifice,
Qui fut long-temps l'objet de mon plus doux espoir,
N'est désormais pour moi qu'un funeste devoir.

ISAURE.

Je crois à peine encor ce que je viens d'entendre.
Craignez de vous flatter ; qu'oseriez-vous prétendre ?

AMÉLIE.

Rien, sans doute.

ISAURE.

Parlez ; depuis quand sentez-vous
Cette frayeur du cloître et ces fâcheux dégoûts ?

AMÉLIE.

Depuis que ma raison, plus mûre et moins timide,
Osa penser sans maître, osa marcher sans guide:
Ou me vantait la paix que l'on goûte en ce lieu,
Et ce lien sacré qui nous unit à Dieu.
Est-ce bien dans ces murs qu'est le bonheur suprême?
Peut-être ce lien, me disais-je à moi-même,
N'est qu'un poids révéré qu'on porte avec effort,
Peut-être cette paix n'est qu'un sommeil de mort.
Ainsi je nourrissais dans cette solitude
Je ne sais quelle vague et sombre inquiétude;
Ainsi tout préparait mon ame au changement:
Mais hier dans la nuit un triste évènement
A redoublé la crainte et la mélancolie
Qui déja corrompaient les destins d'Amélie.
Vous connaissez la voûte et les degrés obscurs
Qui conduisent du temple en ces paisibles murs:
A l'heure où finissait la nocturne prière,
Un peu loin de nos sœurs je montais la derniere,
Pensive, et les regards sur la terre attachés,
Me livrant tout entiere à mes chagrins cachés;
Tandis que de ces soins j'étais préoccupée,
Tout-à-coup d'un bruit sourd mon oreille est frappée:
Je marche vers ce bruit; je m'arrête; et j'entends
Le cri d'un être faible et qui souffrit long-temps.
Cette plaintive voix, ces sons lents et funebres,
Plus déchirants encore au milieu des ténebres,
Exprimaient la douleur, le désespoir, l'effroi,

Et du fond d'un cercueil semblaient monter vers moi.

ISAURE.

Oubliez tout, ma fille, ou vous êtes perdue.

AMÉLIE.

Isaure!

ISAURE.

Vous voyez combien je suis émue.
Chere Amélie, au nom du plus tendre intérêt,
Que cet évènement soit pour vous un secret.
L'abbesse de ces lieux auprès de nous s'avance;
Avec elle sur-tout observez le silence.

SCENE II.

L'ABBESSE, AMÉLIE.

L'ABBESSE.

JE vous cherche, Amélie; Isaure, laissez-nous.
Ma fille, le bonheur va commencer pour vous.

AMÉLIE.

Ciel!

L'ABBESSE.

Vous allez à Dieu consacrer votre vie;
Le moment est bien près, et je vous porte envie.

AMÉLIE.

Le nouvel archevêque...

L'ABBESSE.

Est parti de la cour;
Il sera dans ces murs avant la fin du jour.

AMÉLIE, *à part.*

Malheureuse !

L'ABBESSE.

Pour vous quelle gloire s'apprête,
De voir le voile saint posé sur votre tête
Des mains de Fénélon, de ce prélat vanté
Et pour son éloquence et pour sa piété !

AMÉLIE.

On dit qu'il est humain, bienfaisant, équitable,
Que sa vertu n'a point un aspect redoutable,
Et que son zele, exempt d'amertume et d'aigreur,
Ne sait point dans ses vœux tyranniser un cœur.

L'ABBESSE.

Le vôtre, mon enfant, se donnera sans peine ;
Elevée en ces lieux, vous aimez votre chaîne.
On ne vous verra point par des pleurs assidus
Rappeler de faux biens qui vous sont inconnus.
Il est des nœuds moins doux, des sermens plus pénibles.
Nous voyons trop souvent, dans ces cloîtres paisibles,
Un cœur qui, dans le monde, épris de mille erreurs,
Des folles passions a senti les fureurs,
Recueillir ses débris dispersés par l'orage,
Et chercher parmi nous un port en son naufrage.
Vainement il aspire à la tranquillité ;
Au pied du sanctuaire il se sent agité.
Du dieu qu'elle a cherché l'épouse criminelle,
Étendant loin du cloître un regard infidele,
Vers les plaisirs du monde a des retours secrets,

Et tient long-temps à lui, du moins par les regrets.
Mais jusqu'ici votre ame, encor neuve et docile,
A respiré l'air pur qui regne en cet asyle;
Le souffle empoisonné d'un monde séducteur
N'a point flétri cette ame et terni sa candeur.

AMÉLIE.

Ah! que votre bonté m'écoute et me pardonne.

L'ABBESSE.

Qu'est-ce donc? qu'avez-vous?

AMÉLIE.

Mon nouveau sort m'étonne.

L'ABBESSE.

Comment?

AMÉLIE.

C'est pour jamais que je vais m'engager.

L'ABBESSE.

Sans doute.

AMÉLIE.

Pour jamais! je tremble d'y songer.

L'ABBESSE.

Qui? vous?

AMÉLIE.

De mes devoirs la sainteté m'accable;
Mon cœur, prêt à franchir un pas si redoutable,
Un peu de temps encor voudrait s'y préparer:
Exaucez-le, madame, et daignez différer.

L'ABBESSE.

Différer, dites-vous?

AMÉLIE.

Oui , je vous en supplie.

L'ABBESSE.

Puis-je à cette tiédeur reconnaître Amélie?
Quelles réflexions ou quels évènements
Ont ainsi tout-à-coup changé vos sentiments?
Les jours étaient trop lents au gré de votre attente;
Chaque instant fatiguait votre ame impatiente :
Ce zele ardent et pur s'est bientôt ralenti;
Après tant de serments ce cœur s'est démenti.

AMÉLIE.

Hélas!

L'ABBESSE.

Vous repoussez une chaîne éternelle !

AMÉLIE.

Eh bien.... s'il était vrai.... serais-je criminelle?

L'ABBESSE.

Vous l'avouez !

AMÉLIE.

Je puis l'avouer sans rougir.
J'ai changé malgré moi, devez-vous m'en punir?
J'ai vu se dissiper l'erreur enchanteresse ;
Au lieu de ce bonheur qu'on me peignait sans cesse,
Mes yeux n'ont apperçu qu'un immense avenir ;
Sans espérance , hélas! comme sans souvenir,
La paix de l'esclavage , en ce funeste asyle,
Éternise le temps qui s'écoule immobile.
Ah! je sens qu'être libre est le plus grand des biens.

Ne me proposez plus vos serments, vos liens;
Ils sont peu faits pour moi, n'en doutez point, madame;
Ils sont durs, inhumains; et je sens que mon ame
A par des nœuds plus doux besoin de s'attacher:
J'ignore mes parents, je voudrais les chercher.
Si le sort à jamais me dérobe leur trace,
Il est des yeux du moins qui verront ma disgrace.
Le Dieu qui m'a créée et qui forma mon cœur
M'abandonnera-t-il au milieu du malheur?
Tout éprouve ici bas ses bontés paternelles:
Dès que le faible oiseau peut essayer ses ailes,
Loin du sein de sa mere il vole sans appui;
Il est seul dans le monde et Dieu prend soin de lui.
Sans doute il veillera sur la triste Amélie:
Mais au fond des tombeaux n'enterrez point ma vie.
Celui qui tous les jours est forcé de pleurer
N'est qu'à plaindre à demi quand il peut espérer:
Laissez-moi donc l'espoir; daignez être sensible,
Et ne me rendez pas le bonheur impossible.

L'ABBESSE.

De quel trouble inouï vos sens sont agités!
Vous voulez m'attendrir, et vous me révoltez!
Lorsque Dieu vous demande un sacrifice austère,
Vous prétendez quitter ce cloître solitaire,
Pour chercher vos parents qui vous sont inconnus!
Vos parents!... pour jamais vous les avez perdus.
Des mortels méprisés vous ont donné la vie
Au sein de l'infortune et de l'ignominie;

Vous expiriez sans moi ; mes bienfaits, mes secours ;
Dans ce pieux asyle ont conservé vos jours ;
Et de l'abandonner vous formez l'espérance !
De tous mes soins pour vous telle est la récompense !
Mais ne présumez pas que ce vain changement
Suspende mes desseins et m'arrête un moment :
Il faut qu'un nœud sacré, contraint ou volontaire,
Répare votre honte et celle d'une mere.
Sachez de vos destins supporter la rigueur ;
Ne les oubliez plus, et domtez votre cœur.

AMÉLIE.

Ce cœur que sous vos lois j'ai fait plier sans cesse
Connaît la modestie et non pas la bassesse.
Ce discours vous surprend : si j'ai pu m'égarer,
Montrez-moi mon erreur et daignez m'éclairer.
Comment suis-je flétrie avant que d'être née ?
Ah ! je n'ai point choisi ma triste destinée :
Ce n'est pas d'un hasard que doit rougir mon front ;
Mon sort est un malheur, mais non pas un affront.
Vous avez autrefois accueilli mon enfance,
J'ai long-temps de votre ame éprouvé l'indulgence,
Et, malgré vos rigueurs, je ne croirai jamais
Avoir acquis le droit d'oublier vos bienfaits ;
Mais sachez me connaître, et plaignez Amélie :
Ces mortels méprisés dont j'ai reçu la vie
Dans le sang qui m'anime ont mis une fierté
Qu'on ne fait point fléchir par la sévérité.
Soumise à la douceur, je fus long-temps timide ;

2.   16

C'est votre dureté qui me rend intrépide:
Mais, puisqu'enfin je puis vous expliquer mes vœux,
D'une ame libre et pure écoutez les aveux:
Au pied de cet autel, qui fut souvent sinistre,
De l'Éternel bientôt je verrai le ministre:
Ne fondez plus d'espoir sur ma timidité;
Je ne mentirai point au Dieu de vérité:
D'autres ont prononcé le serment de la crainte;
Vous entendrez ma bouche, incapable de feinte,
Rejeter loin de moi des liens que je hais:
Voilà dès aujourd'hui le serment que je fais.

L'ABBESSE.

Ah! je ne reçois point ce serment sacrilege.
Adieu. Gardez-vous bien de tomber dans le piege.
Vous avez mis un terme à ma tendre amitié:
Mais je veux écouter un reste de pitié.
A vos premiers desirs cessez d'être infidele;
C'est la nécessité, c'est Dieu qui vous appelle;
Immolez à ce Dieu vos faibles volontés:
Je saurai vous punir si vous lui résistez.

SCENE III.

AMELIE.

Me punir! et de quoi? quelle est donc mon offense?
Dieu, qui n'es point tyran, qui connais l'indulgence,
Ne puis-je en d'autres lieux t'adorer, te chérir?
Dois-je quitter la vie avant que de mourir?
Briser des nœuds cruels n'est point te faire outrage;
La liberté te plaît, c'est ton plus bel ouvrage.

SCENE IV.

AMÉLIE, ISAURE.

AMÉLIE.

Chere Isaure, est-ce toi?

ISAURE.

J'accours auprès de vous.
Hélas! qu'avez-vous fait? l'abbesse est en courroux;
Vous venez de la voir; peut-être en sa présence
Vous aurez, je le crains, commis quelque imprudence.
Ses yeux en vous quittant respiraient la fureur.

AMÉLIE.

Par son orgueil barbare elle m'a fait horreur.

ISAURE.

Elle ignore pourtant que votre ame rebelle....

AMÉLIE.

Je l'ai dit; j'ai fait plus, j'ai juré devant elle
Que la triste Amélie à la face des cieux
Ne prononcerait pas des serments odieux.

ISAURE.

Qu'a-t-elle répondu?

AMÉLIE.

Si je fais résistance,
Je dois, m'a-t-elle dit, éprouver sa vengeance.

ISAURE.

Et que résolvez-vous?

AMÉLIE.

De lui désobéir.

ISAURE.

Écoutez, Amélie, et vous allez frémir;
Écoutez, je vous parle avec pleine franchise.
A des lois que je hais vous me voyez soumise:
Si j'ai formé ces nœuds, c'est le choix du malheur,
Le vœu de l'indigence et non pas de mon cœur.
Dans cet asyle sombre où je fus entraînée,
J'ai maudit quatorze ans ma dure destinée;
Sans cesse autour de moi je n'ai vu qu'un tombeau.
Quand je fis mon serment vous étiez au berceau;
Mes soins pour votre enfance, ô ma chère Amélie,
Par fois m'ont fait sentir et supporter la vie:
Ce temps est déja loin, tout s'écoule; et je voi
Que vous serez à plaindre, hélas! autant que moi:
Ne le soyez pas plus, croyez-en mes alarmes.

Je pleure, et c'est sur vous que je répands des larmes ;
N'aggravez point les maux qui vous sont préparés ;
Soumettez-vous, ma fille ; en vain vous espérez ;
L'espérance à votre âge aisément peut séduire.
Un exemple effrayant, dont je peux vous instruire,
Un châtiment bien long.... vous ouvrira les yeux ;
Il existait déja quand je vins en ces lieux.

AMÉLIE.

Comment?

ISAURE.

Il dure encor.

AMÉLIE.

Quel est donc ce mystere?
Je ne vous comprends pas.

ISAURE.

J'aurais dû vous le taire ;
Mais enfin mon devoir cede à votre intérêt :
Je vais vous révéler un horrible secret.

AMÉLIE.

Dieu ! quel est-il? je brûle et je crains de l'apprendre.

ISAURE.

Personne ne s'approche, on ne peut nous entendre.

AMÉLIE.

Expliquez-vous.

ISAURE.

Hier de lamentables cris
Ont frappé votre oreille et vos sens attendris :
Ces cris...

16.

AMÉLIE.

Eh bien! ces cris?... je frissonne d'avance.

ISAURE.

Parlez bas, craignons tout.

AMÉLIE.

Ces cris donc?...

ISAURE.

Je balance.

AMÉLIE.

Vous!

ISAURE.

Je ne puis me taire et je n'ose parler.

AMÉLIE.

Isaure, il n'est plus temps de rien dissimuler.

ISAURE.

Ces cris sont...

AMÉLIE.

Achevez.

ISAURE.

Ceux d'une infortunée
Au fond d'un souterrain dans ces lieux enchaînée.

AMÉLIE.

Ah! que m'avez-vous dit?

ISAURE.

L'horrible vérité.

AMÉLIE.

Ô comble de fureur et d'inhumanité!
La malheureuse...

ISAURE.

Eh bien!

AMÉLIE.

Vous est-elle connue?

Qui vous en a parlé? qui pourrait...

ISAURE.

Je l'ai vue.

AMÉLIE.

Ici?

ISAURE.

Je vous l'ai dit, au fond d'un souterrain.

AMÉLIE.

Où donc?

ISAURE.

Entre le temple et les murs du jardin.

AMÉLIE.

Ô ciel!

ISAURE.

Depuis quinze ans c'est là qu'elle est mourante.
C'est moi qui tous les jours à l'aurore naissante
Lui porte en ce cachot de tristes aliments
Qui de ses jours flétris prolongent les tourments.

AMÉLIE.

Des femmes ont osé...! Mais apprends-moi son crime.

ISAURE.

Je l'ignore.

AMÉLIE.

Quel est le nom de la victime?

ISAURE.

Hélas! je ne sais rien que ses revers affreux.

AMÉLIE.

Plutôt que de former d'abominables nœuds,
Près d'elle en ce tombeau... Que son sort m'intéresse!
Si votre ame pour moi ressent quelque tendresse....

ISAURE.

En doutez-vous?

AMÉLIE.

Je veux la voir et lui parler.

ISAURE.

Vous, ma fille!

AMÉLIE.

A l'instant.

ISAURE.

Vous me faites trembler.

Vous voulez....

AMÉLIE.

Compatir à sa douleur mortelle,
Peut-être l'adoucir, m'affliger avec elle,
Recueillir ses sanglots, entendre ses malheurs,
Et de ses yeux mourants essuyer quelques pleurs.

ISAURE.

Moi! je vous conduirais!...

AMÉLIE.

C'est trop vous en défendre.

ISAURE.

Mais vous ne songez point qu'on pourrait nous surprendre.

AMÉLIE.

Je vous suivrai de loin, lentement, pas à pas;
Les yeux de nos tyrans ne nous surprendront pas.

ISAURE.

Je n'ose.

AMÉLIE.

Vous m'aimez, et mon cœur en est digne:
Ce que je vous demande est une grace insigne:
Venez.

ISAURE.

Vous l'exigez!

AMÉLIE.

J'embrasse vos genoux.

ISAURE.

Suivez-moi, mon enfant. Ciel, prends pitié de nous!

Fin du premier acte.

ACTE II.

SCENE PREMIERE.

HÉLOÏSE, *dans un assoupissement qui s'augmente par degrés.*

Oui, je revois les champs, les doux champs de Provence,
Le lieu qui me vit naître. Est-ce toi, cher d'Elmance?
Non, non, je t'ai perdu. Quel cachot! quels tourments!
J'ai vécu quelques jours, je meurs depuis quinze ans.
Je gémis, et ma voix ne peut être entendue;
Vivante en un cercueil me voilà descendue.
Respirons: tant de maux seront-ils éternels?
Dieu, qui n'es point barbare ainsi que les mortels,
Recours de l'infortune, et véritable pere,
Entends mes vœux, entends; c'est la mort que j'espere;
Daigne enfin terminer mon malheureux destin,
Et puissé-je aujourd'hui m'éveiller dans ton sein!

SCENE II.

HÉLOISE, AMÉLIE, ISAURE.

ISAURE.

Avançons.

AMÉLIE.

Elle dort!

ISAURE.

Vous pleurez!

AMÉLIE.

Ô nature!

Dieu bon, Dieu bienfaisant, voilà ta créature!

ISAURE.

Vous venez de la voir; il est temps de rentrer.

AMÉLIE.

Non.

ISAURE.

Je tremble. Venez.

AMÉLIE.

Non, je veux demeurer.

ISAURE.

Songez que dans ces lieux je ne saurais attendre.

AMÉLIE.

Chere Isaure, bientôt tu viendras m'y reprendre.

ISAURE.

Vous prétendez rester?

AMÉLIE.

Oui, tel est mon desir!
J'éprouve de l'effroi, mais un secret plaisir;
Je peux jouir en paix de ma mélancolie.

ISAURE.

Ah! mon cœur veut toujours ce que veut Amélie:
Je vous laisse à regret; vous l'ordonnez. Adieu.

SCENE III.

HÉLOÏSE, AMÉLIE.

AMÉLIE.

Mes sens sont accablés dans cet horrible lieu:
Ces arcs, ce souterrain, ce silence, cette ombre,
Tout porte au fond du cœur un abattement sombre.
Sur cette pierre usée un lugubre flambeau
Semble de son feu pâle éclairer un tombeau.
C'en est un. Qu'as-tu fait, malheureuse victime?
Et comment peux-tu vivre au fond de cet abyme?
Du pain! de l'eau! des fers! je n'ose m'approcher.
D'un intérêt puissant mon cœur se sent toucher.
Malgré tant de malheurs ses traits sont pleins de charmes.
Ciel! de ses yeux fermés je vois couler des larmes!
Par le Dieu qui voit tout c'est un être oublié.
Divine Providence, humanité, pitié,
Accourez, sauvez-la tandis qu'elle respire.
Tu peux dormir!... ici!... Je l'entends qui soupire;

Elle vient d'achever son pénible sommeil.

HÉLOÏSE.

Quelle est donc cette voix qui cause mon réveil?

AMÉLIE.

Je n'ai jamais été si tendrement émue.

HÉLOÏSE.

A mon oreille encore elle n'est point connue.

AMÉLIE.

Je vous aime et vous plains; n'ayez aucun effroi.

HÉLOÏSE.

Ah! qui que vous soyez, approchez-vous de moi:
Mais vos pleurs sur ma main coulent en abondance,
Et vos yeux sur les miens se fixent en silence;
Vous avez, je le vois, pitié de mes douleurs.

AMÉLIE.

Vous m'attirez à vous: contez-moi vos malheurs;
Ne craignez rien, versez dans mon ame attendrie
Tous les chagrins amers de votre ame flétrie;
Ils sont déja les miens; je veux les partager,
Et mes soins caressants pourront les soulager.

HÉLOÏSE.

Vous voyez mon néant, vous plaignez ma détresse.
J'ai connu des grandeurs la pompe enchanteresse;
Vain éclat dont mes yeux n'étaient point éblouis!
Des princes d'Arlemont le sang me fut transmis;
Comme eux j'ai vu le jour au sein de la Provence,
Et le nom d'Héloïse embellit ma naissance.
Ce nom, qu'ont illustré l'amour et le malheur,

2.   17

Semblait de mon destin présager la rigueur.
L'amante d'Abailard, au cloître condamnée,
Fut moins tendre que moi, fut moins infortunée.
De votre jeune cœur l'amour est ignoré.
Lorsque je vis d'Elmance, un sentiment sacré
Pénétra tout-à-coup dans mon ame enflammée;
Je rencontrai ses yeux, j'aimai, je fus aimée.
Mon pere apprit bientôt et rejeta ses vœux:
Il voyait dans sa fille éteindre un nom fameux:
L'orgueil me haïssait; pour son enfant unique
Mon pere fut toujours injuste et tyrannique.
Ma mere qui m'aimait, s'approchant du tombeau,
De mon secret hymen alluma le flambeau.
Elle avait sans succès sollicité mon pere:
D'Elmance m'adorait, j'aimais, elle était mere;
Elle unit nos deux mains à ses derniers moments,
Et de son lit de mort entendit nos serments.

AMÉLIE.

Que vous deviez chérir cette mere sensible!

HÉLOÏSE.

Je perdis tout en elle, et mon pere inflexible
Devint seul désormais arbitre de mes jours:
Le ciel devait alors en terminer le cours.
Je quittai sur ses pas la fertile Provence;
Son dessein même était d'abandonner la France,
Et, loin de mon amant, d'aller chez les Germains
Me chercher un époux parmi des souverains.
A lui tout dévoiler je fus enfin contrainte;

Dans les murs de Cambrai je surmontai ma crainte ;
De mon cruel tyran j'embrassai les genoux ,
Je bégayai les noms et d'amant et d'épux ;
J'avouai par degrés qu'au sein de ma patrie
Une mere à d'Elmance avait donné ma vie ,
Que d'un secret hymen formé devant ses yeux
Je portais dans mon sein le gage précieux :
« Le ciel ne voudra point que mon pere m'opprime,
« Lui disais-je en pleurant : pardonnez-moi mon crime ,
« Si pourtant c'en est un d'oser avoir un cœur ;
« A me déshériter bornez votre rigueur ;
« Faites-moi reconduire aux champs de la Provence ;
« Reprenez tous vos biens , je ne veux que d'Elmance. »

AMÉLIE.

A vos larmes sans doute il n'a pu résister ?

HÉLOÏSE.

Mes larmes , mes aveux n'ont fait que l'irriter.
Dans ce cloître aussitôt par lui-même entrainée ,
De monstres inhumains je fus environnée.
Loin des yeux d'un époux l'enfant de notre amour,
Ma fille , un mois après naquit dans leur séjour.
Bientôt leur piété , saintement inhumaine ,
Prétendit me lier d'une éternelle chaîne :
Je maudis leurs serments , je détestai leurs vœux ;
De l'amour, de l'hymen je réclamai les nœuds ;
Plutôt que d'achever un affreux sacrifice ,
Je menaçai de fuir, de demander justice.
Voilà pour quels forfaits des femmes en fureur

Me plongèrent vivante en ces lieux pleins d'horreur.
Ici depuis quinze ans je languis enchaînée,
Inconnue aux humains, du ciel abandonnée :
Cependant je vous vois, vous daignez m'écouter,
Et peut-être il est las de me persécuter.

AMÉLIE.

En ses touchants discours chaque mot m'intéresse.
Ah! mon respect pour vous égale ma tendresse:
De nos communs destins vous me voyez frémir.
Est-ce ainsi, Dieu puissant, qu'on voulait me punir?

HÉLOÏSE.

Vous punir, dites-vous?

AMÉLIE.

Sachez mon sort funeste;
On exige de moi des vœux que je déteste.

HÉLOÏSE.

Quoi! vous prononceriez ces horribles serments!

AMÉLIE.

Mon cœur a dévoilé ses secrets sentiments;
Mais que peut l'opprimé contre la tyrannie?
On prétend malgré moi disposer de ma vie.

HÉLOÏSE.

Et vos cruels parents vous ont fermé leurs bras!

AMÉLIE.

Mes parents, dites-vous? je ne les connais pas.

HÉLOÏSE.

Quoi! vous ne savez pas ce que c'est qu'une mere?
Je vous plains à mon tour.

AMÉLIE.

Ô pitié douce et chere !

Dans l'abyme où le ciel a voulu vous plonger
Plaignez-vous un chagrin qui vous est étranger?
L'infortune aigrit l'ame et la rend inflexible.

HÉLOÏSE.

A force de malheur la mienne est plus sensible.

AMÉLIE.

N'est-il aucune femme en ces lieux abhorrés
Qui sache compatir aux maux que vous souffrez?

HÉLOÏSE.

Celle qui m'apportait, dans la premiere année,
Le vase rempli d'eau, le pain de la journée,
Alors qu'elle daignait jeter les yeux sur moi,
Me lançait des regards pleins de haine et d'effroi.
Une autre vint remplir ce sombre ministere;
Ses soins furent moins durs, sa rigueur moins austere;
De ses yeux attendris j'ai vu couler des pleurs:
La pitié qu'on inspire adoucit les malheurs.
Tant de maux, de chagrins, ma triste nourriture,
Paraissaient quelquefois accabler la nature;
Cette femme, attentive à ces cruels moments,
M'apportait en secret de plus doux aliments;
Lorsque pendant l'hiver une humide froidure
Aigrissait tout-à-coup les tourments que j'endure,
Un foyer bienfaisant, par ses soins allumé,
Pénétrait dans mon cœur lentement ranimé.
Payer tant de bienfaits n'est pas en ma puissance;

Dieu seul en fut témoin, que Dieu les récompense.

AMÉLIE.

Mais seule, à quels objets chaque jour pensiez-vous?

HÉLOÏSE.

A deux objets bien chers, ma fille et mon époux.

AMÉLIE.

Cet époux à votre ame est-il présent encore?

HÉLOÏSE.

Mon cœur plus que jamais le regrette et l'adore.

AMÉLIE.

Pardonnez, Héloïse; en cet affreux séjour
Comment n'avez-vous pas étouffé votre amour?

HÉLOÏSE.

Moi l'étouffer, grand dieu! moi j'oublirais d'Elmance!
En cessant d'y penser mon désespoir commence.
Étouffer mon amour! J'eusse expiré sans lui;
Il guérit tous mes maux, il est mon seul appui;
C'est le dernier roseau que du fond de l'abyme
De sa main défaillante ait saisi la victime.
Hélas! morte au tombeau, j'ai vécu d'avenir,
Du nom de mon époux et de son souvenir;
Près de lui, sur ses pas j'ai revolé sans cesse
A ces champs fortunés, témoins de sa tendresse;
Je recevais sa foi, j'entendais ses soupirs;
Mes desirs s'unissaient à ses brûlants desirs;
De ce rêve enchanteur je goûtais le mensonge:
Par-tout où l'on respire on n'est heureux qu'en songe.

Ne puis-je au moins savoir si d'Elmance est vivant,
S'il se souvient de moi, s'il me nomme souvent,
Et s'il habite encor dans la belle Provence,
Lieux chéris, bords charmants où j'ai connu d'Elmance?
Sa fille, mon enfant, ce doux présent des cieux,
Jamais dans ce tombeau n'a consolé mes yeux;
On l'écarte avec soin des regards de sa mere,
Ou peut-être la mort a fini sa misere.

AMÉLIE.

Quoi! c'est peu d'ignorer le sort de votre époux,
Celui de votre enfant n'est point connu de vous!

HÉLOÏSE.

Vous voyez.

AMÉLIE.

Dans ce cloître elle a reçu la vie?

HÉLOÏSE.

Presque dès sa naissance elle me fut ravie.
Cette fille, conçue au milieu des douleurs,
En entrant sur la terre avait versé des pleurs;
Elle était dans les bras, sur le sein de sa mere;
Je caressais ma fille, et j'appelais son pere.
Hélas! dans ces instants si cruels et si doux,
J'avais besoin de voir, d'entendre mon époux:
Je n'entends, je ne vois que des femmes cruelles,
Qui trouvaient mon amour, mes plaintes criminelles,
Et, les yeux sur ma fille, épiaient les moments
D'enlever ce trésor à mes embrassements.

C'était de février la troisieme journée.

AMÉLIE.

Dieu puissant! c'est le mois, le jour où je suis née.

HÉLOÏSE.

En quels lieux?

AMÉLIE.

Ici même, en ce cloître odieux.

HÉLOÏSE.

Si j'étais mere encore!... Achevez, justes cieux!
Et votre âge?

AMÉLIE.

Quinze ans.

HÉLOÏSE.

On vous nomme?...

AMÉLIE.

Amélie.

HÉLOÏSE.

Ma fille!

AMÉLIE.

Quoi! c'est vous dont j'ai reçu la vie?

HÉLOÏSE.

Amélie! ah! ce nom te fut donné par moi;
En t'arrosant de pleurs je l'ai choisi pour toi;
Ce nom seul à mon cœur te rend encor plus chere;
C'est le nom, le doux nom qu'avait porté ma mere.

AMÉLIE.

Quoi! vous êtes la mienne! Ô moment trop heureux!

HÉLOÏSE.

Le ciel a mis un terme à mes tourments affreux.

AMÉLIE.

Que je baise ces mains, ces chaînes révérées
Que durant si long-temps ma mere a consacrées.

HÉLOÏSE.

Amélie!

AMÉLIE.

Et c'est vous qui loin de l'univers
Souffrez depuis quinze ans tous les maux des enfers!

HÉLOÏSE.

Je ne m'en souviens plus. Objet de ma tendresse,
Sur mon sein maternel, oh! viens que je te presse!
Son pere, mon époux, d'Elmance est dans ses yeux;
Oui, voilà son regard et ses traits gracieux.
Viens, que j'embrasse encore et la fille et le pere;
Ô mon bien, mon trésor, viens! c'est moi, c'est ta mere,
Qui sort en ce moment des gouffres du trépas,
Qui te voit, qui t'entend, qui renaît dans tes bras.

SCENE IV.

HÉLOÏSE, AMÉLIE, ISAURE.

ISAURE.

AMÉLIE, au plutôt quittez ce sombre abyme.

HÉLOÏSE.

Nous séparer!

AMÉLIE.

Apprends quelle est cette victime;
C'est ma mere.

ISAURE.

Grand dieu! qui pourrait vous porter...

AMÉLIE.

C'est ma mere, te dis-je, et je n'en puis douter.

ISAURE.

C'est un malheur de plus et pour vous et pour elle.

AMÉLIE.

Comment?

ISAURE.

Je vous apporte une horrible nouvelle;
Votre bouche demain prononce le serment.

HÉLOÏSE, AMÉLIE.

Ciel!

ISAURE.

Le nouveau prélat arrive en ce moment,

AMÉLIE.

Fénélon...

ISAURE.

Vient d'entrer dans les murs de la ville.

AMÉLIE.

Le ciel m'inspire ; allons, mon cœur est plus tranquille.

ISAURE.

Quelle est votre pensée, et que prétendez-vous ?

AMÉLIE.

Je cours du saint prélat embrasser les genoux.

ISAURE.

Pour aller jusqu'à lui...

AMÉLIE.

Je compte sur ton zele.

ISAURE.

Vous le verrez demain.

AMÉLIE.

Y penses-tu, cruelle ?

Quand ma mere est en proie au plus affreux tourment,
Tu me parles d'attendre une heure, un seul moment !

ISAURE.

Songez-vous aux périls...?

AMÉLIE.

La nature est plus forte.

De ce cloître abhorré peux-tu m'ouvrir la porte ?

ISAURE.

Non. Vous pourriez à peine échapper vers le soir
Par l'escalier secret qui conduit au parloir.

AMÉLIE.

Le soir !

ISAURE.

Avant ce temps vous seriez apperçue.
Si le mur du jardin qui donne sur la rue...

AMÉLIE.

Viens ; je le franchirai.

HÉLOÏSE.

Tu me remplis d'effroi.

AMÉLIE.

Non, ne redoutez rien ; Dieu veillera sur moi.

HÉLOÏSE.

Conserve-moi tes jours.

AMÉLIE.

J'ai retrouvé ma mere,
Et je sens qu'aujourd'hui tout me sera prospere.

HÉLOÏSE.

Attends.

AMÉLIE.

Vous quitterez cet exécrable lieu ;
J'en réponds. Viens, Isaure ; et vous, ma mere, adieu.

Fin du second acte.

ACTE III.

SCENE PREMIERE.

FÉNÉLON, D'ELMANCE, LE MAIRE,
OFFICIERS MUNICIPAUX, CLERGÉ,
PEUPLE.

FÉNÉLON.

Vous commandez ici? quoi! c'est vous, cher d'Elmance,
L'ami, le compagnon des jours de mon enfance!
J'ignorais votre sort, et je rends grace aux cieux
Dont la bonté voulut nous rejoindre en ces lieux.
Mes enfants, pour mon cœur ce jour a bien des charmes;
Un accueil si touchant me fait verser des larmes.
Je veux le mériter.

LE MAIRE.

Nous venons, monseigneur,
Offrir au nom du peuple à son nouveau pasteur
Quelques dons précieux, des vœux et des hommages,
De la commune joie éclatants témoignages.

FÉNÉLON.

Ces présents, quels sont-ils?

LE MAIRE.

De riches vêtements,
D'un ministre du ciel superbes ornements.
Cette splendeur convient à votre caractere,

2. 18

Aux nobles fonctions d'un si saint ministere;
Avec habileté l'or et l'argent unis
Brillent de toutes parts sur ces pompeux habits.

FÉNÉLON.

Eh quoi! vous n'avez pas de pauvres dans la ville?

LE MAIRE.

Nous en avons beaucoup.

FÉNÉLON.

                           Où donc est leur asyle?
Le prix de tous ces dons pouvait les secourir:
Songez que c'est leur pain que vous venez m'offrir.
Remportez vos présents; un vertueux exemple
Suffira pour orner le pontife et le temple;
Donnez aux malheureux cet or et cet argent:
Le ministre d'un Dieu qui vécut indigent
Ne doit point, croyez-moi, connaître l'opulence,
Ni d'un luxe barbare étaler l'insolence.

    Bon peuple, dans ces murs je fixe mon séjour;
Je ne quitterai point mes enfants pour la cour;
Je veux des citoyens justifier la joie:
C'est un pere, un ami que le ciel vous envoie.
Guidez mes premiers pas, adressez à mes soins
Ceux qui sont accablés du fardeau des besoins;
Ouvrez à mes regards le toit de la misere,
Montrez-moi chaque jour le bien que je puis faire.
Mes enfants, n'épargnez ni mon temps ni mes biens:
Je suis votre archevêque, et je vous appartiens.
Pour prix de mes efforts, faites, s'il est possible,

Que toujours mon troupeau soit heureux et paisible.
Je sais que ces remparts renferment dans leur sein
De nombreux partisans de la foi de Calvin :
Ne voyez point en eux d'odieux adversaires ;
Plaignez-les, aimez-les ; ils sont aussi vos freres.
L'erreur n'est pas un crime aux yeux de l'Éternel ;
N'exigez donc pas plus que n'exige le ciel.
Sous nos cinq derniers rois la seule intolérance
A fait un siecle entier les malheurs de la France.
Gagnons, persuadons, n'aigrissons point les cœurs.
Nous prêtres, nous sur-tout qui sommes les pasteurs,
Voulons-nous ramener des brebis égarées,
Du fidele troupeau trop long-temps séparées ?
La douceur et le temps combleront nos desirs ;
Et jamais la rigueur n'a fait que des martyrs.
Allez.

SCENE II.

FÉNÉLON, D'ELMANCE.

FÉNÉLON.

Vous, demeurez, et que votre présence
Me dédommage un peu d'une aussi longue absence.
Vous m'écoutez à peine et paraissez troublé !
Quel motif à Cambrai vous a donc exilé,
Si loin de la Provence où le ciel vous fit naître,
De ceux qui vous aimaient, que vous aimiez peut-être ?

Né pour les grands emplois, fait pour orner la cour,
Qui peut avoir fixé vos pas dans ce séjour?

D'ELMANCE.

Un malheur qui ne doit finir qu'avec ma vie.
Désormais cette ville est ma seule patrie.

FÉNÉLON.

Le bruit de vos chagrins m'est souvent parvenu;
Ce qui les a causés m'est encore inconnu.

D'ELMANCE.

Je me tais; voulez-vous que l'oreille d'un sage
Entende de l'amour le profane langage?
Non, je dois respecter vos vertus, votre état.

FÉNÉLON.

Parlez à Fénélon et non pas au prélat.
Me taire vos chagrins c'est me faire une offense:
Croyez que tout mortel a besoin d'indulgence.

D'ELMANCE.

Puisque votre amitié veut bien m'encourager,
Dans un cœur aussi pur je vais me soulager.
Nous fûmes séparés au sortir de l'enfance;
J'allai dans ma patrie, aux champs de la Provence:
Une femme en ces lieux décida de mes jours;
Je sentis en aimant que j'aimerais toujours.
Un moment confondit nos ames étonnées:
J'avais alors vingt ans, elle avait seize années;
C'était d'un sang fameux le dernier rejeton;
D'Héloïse en naissant on lui donna le nom;
Des princes d'Arlemont elle était héritière;

J'aimai, j'idolâtrai sa beauté douce et fiere ;
Mes vœux, pour son malheur, furent trop entendus.
D'un pere ambitieux j'essuyai les refus :
C'est en vain que ma race offrait à sa faiblesse
Le chimérique éclat d'une antique noblesse ;
D'Arlemont répondit que pour un tel lien
Il exigeait un nom qui fût égal au sien.
Mais à la vanité l'ame n'est point soumise ;
L'hymen à mes destins unissait Héloïse,
Et de ces nœuds secrets qui nous liaient tous deux
Elle portait un gage, hélas ! bien malheureux.
Sa mere le savait ; cette mere expirante
Consacra nos serments de sa bouche mourante :
Elle serrait nos mains et les baignait de pleurs ;
L'aspect de ses enfants soulageait ses douleurs.
Il vint le jour fatal qui finit sa souffrance :
Avec elle en ce jour périt notre espérance.
Le pere, sans pitié brisant des nœuds si saints,
(Il est, vous le savez, des peres inhumains),
Cet homme, enorgueilli du rang de sa famille,
Ce pere, ce tyran, qui détestait sa fille,
M'enlevant à jamais ce trésor précieux,
Abandonna les champs qu'habitaient ses aïeux.
Je restai tout-à-coup seul au milieu du monde,
Traînant de tous côtés ma douleur vagabonde,
Cherchant de bords en bords la trace de leurs pas,
Demandant Héloïse, invoquant le trépas.
Enfin j'apprends qu'au sein d'une ville étrangere,

Le tyran d'Héloïse a fini sa carriere ;
Que, voyant approcher le moment de sa mort,
Cet inflexible pere a connu le remord,
Qu'il a maudit cent fois sa cruauté funeste :
Sans doute il pressentait la vengeance céleste.
J'apprends que loin de lui sa fille, sans secours,
A Cambrai dans un cloître a terminé ses jours,
Que le fruit d'une amour aussi triste que chere
Est mort enseveli dans le sein de sa mere.
Cette horrible nouvelle a fixé mon destin,
Et mon cœur ne fut pas un moment incertain.
J'abandonne la cour, la ville, ma province ;
Je demande et j'obtiens de la bonté du prince
L'honneur de le servir au sein des mêmes lieux
Où de mon Héloïse on a fermé les yeux.
Là je gémis en vain ; là, depuis douze années,
Héloïse au tombeau consume mes journées ;
Là, de son souvenir sans cesse déchiré,
Je respire à longs traits l'air qu'elle a respiré ;
Je l'entends, je la vois, tout m'offre son image :
Elle eut mes premiers vœux et mon unique hommage ;
Le jour que du trépas elle a subi la loi
Le bonheur et la paix, tout a cessé pour moi.

FÉNÉLON.

Ami, n'écoutez point ce désespoir extrême.
Le bonheur naît souvent du sein du malheur même ;
Et quand Dieu le voudra, par des moyens secrets

A votre ame agitée il peut rendre la paix.
Sur un fatal écueil vous avez fait naufrage :
Il n'appartient qu'à Dieu de dissiper l'orage ;
Épanchez votre cœur devant ce grand témoin ;
Attendez le moment ; peut-être il n'est pas loin.
D'un ministre du ciel tel sera le langage :
Fénélon, votre ami, vous dira davantage.
Je ne méprise point l'amour et ses douleurs,
Et je n'ai point l'orgueil d'insulter à des pleurs.
Je suis homme et sensible aux passions humaines ;
Mon cœur est pénétré du récit de vos peines ;
Elles s'adouciront auprès de l'amitié ;
Partageons vos chagrins, j'en prendrai la moitié :
Bénissons tous les deux le jour qui nous rassemble :
Quelquefois, mon ami, nous pleurerons ensemble.

D'ELMANCE.

Que vous m'attendrissez ! que ce langage est doux !
Où prenez-vous ce ton qui n'appartient qu'à vous ?
La vertu d'elle-même est par-tout respectable ;
Vous doublez son empire en la rendant aimable.
Je vous ai, Fénélon, lassé de mon malheur ;
Consolez-moi du moins avec votre bonheur ;
Que je puisse admirer l'éclat de votre vie :
Vous méritiez sans doute un sort digne d'envie ;
La fortune en naissant vous a tendu les bras ;
Les plus brillants succès ont marqué tous vos pas ;
Vertueux sans orgueil, sage avec indulgence,

Vous avez condamné vos rivaux au silence ;
Votre ame a triomphé quand la mienne a gémi ;
Et la gloire...

FÉNÉLON.

D'Elmance, épargnez votre ami.
Je n'ai point eu de gloire, et cette vaine idole
Même pour le grand homme est une ombre frivole ;
On ne m'admire point ; puissé-je être estimé !
Je tiens sur-tout, d'Elmance, au bonheur d'être aimé.
Je vais de mes destins vous faire confidence :
Je ne murmure point contre la Providence ;
J'ai connu les chagrins, mais j'ai su les souffrir ;
Et tout homme ici bas doit pleurer et mourir.
Sans fatiguer les cieux de plaintes éternelles
Nous pouvons adoucir ces épines cruelles ;
Dans le champ de la vie il faut semer des fleurs,
Et c'est nous trop souvent qui faisons nos malheurs.
J'ai sur ces sentiments fondé ma vie entiere.
Vous m'avez vu jadis entrer dans la carriere ;
L'indulgence accueillit mes timides essais ;
Même dans un autre âge elle a fait mes succès.
J'ai trois ans dans l'Aunis, aux bords de la Charente,
Parmi des protestants traîné ma vie errante,
Pour appaiser des cœurs justement irrités,
Aigris par des revers qu'ils n'ont pas mérités.
Là j'ai vu, mon ami, la misere publique,
Tous les maux qui sont nés d'un édit fanatique ;
J'ai calmé les chagrins, j'ai converti l'erreur :

Aujourd'hui de Cambrai je suis nommé pasteur.
Quand de l'épiscopat les soins doux, mais pénibles,
Me laisseront goûter quelques moments paisibles,
Je veux de l'amitié cultiver les plaisirs,
Et d'utiles travaux rempliront mes loisirs.
Art de former l'enfance, intéressante étude,
Tu viendras de tes fleurs orner ma solitude.
Nous avons oublié la nature et ses lois,
Les cris des préjugés ont fait taire sa voix :
Cherchant la vérité sous le voile des fables,
Conduits à la vertu par des routes aimables,
Puissent nos successeurs, un jour plus éclairés,
Dissiper les erreurs qui nous ont égarés !
Pour eux aux arts brillants j'ouvrirai mon asyle :
Télémaque instruira leur jeunesse docile.
Là, mauvais courtisan, je veux peindre à-la-fois
Les miseres du peuple et les crimes des rois ;
Là de l'humanité je plaiderai la cause.
Au succès de mes soins si notre âge s'oppose,
S'il méconnait encore et craint la vérité,
Peut-être on l'entendra dans la postérité.

D'ELMANCE.

Quelqu'un vient nous troubler.

FÉNÉLON.

Une femme s'avance.

D'ELMANCE.

Une novice, hélas ! presque dans son enfance,
Précipite en ces lieux ses pas désespérés.

SCENE III.

FÉNÉLON, D'ELMANCE, AMÉLIE.

AMÉLIE.

Monseigneur....

FÉNÉLON.

Qu'avez-vous? je vois que vous pleurez.

AMÉLIE.

Je viens... vous annoncer...

D'ELMANCE.

Peut-être un nouveau crime.

FÉNÉLON.

Oui, je lis dans ses yeux que c'est une victime.

D'ELMANCE.

Elle a de grands secrets sans doute à révéler;
Et c'est devant vous seul qu'elle voudrait parler.
Je vous laisse.

SCENE IV.

FÉNÉLON, AMÉLIE.

FÉNÉLON.

Sans crainte expliquez-vous, ma fille.

AMÉLIE.

Ah! les infortunés...

FÉNÉLON.

Composent ma famille.

AMÉLIE.

Je me jette à vos pieds.

FÉNÉLON.

Mon enfant, levez-vous;
Ce n'est que devant Dieu qu'on doit être à genoux.

AMÉLIE.

Daignez... sachez... Ma voix expire dans ma bouche.

FÉNÉLON.

Votre timidité m'intéresse et me touche.
Quel motif, quel chagrin vous conduit en ces lieux?
Parlez.

AMÉLIE.

Je viens de fuir loin d'un cloître odieux.

FÉNÉLON.

Ce parti, mon enfant, peut sembler condamnable.

AMÉLIE.

L'excès du désespoir doit le rendre excusable.

FÉNÉLON.

Sans doute on a voulu contraindre votre cœur,
Et des vœux éternels vous craignez la rigueur.

AMÉLIE.

Oui, j'étais sans recours contre la tyrannie;
Ces vœux cruels feront le tourment de ma vie:
Mais ce n'est pas pour moi que je viens vous parler.

FÉNÉLON.

Et pour qui, mon enfant? cessez de vous troubler.

AMÉLIE.

Pour une infortunée, hélas! qui m'est bien chere.

FÉNÉLON.

Achevez.

AMÉLIE.

Je frémis.

FÉNÉLON.

Pour qui donc?

AMÉLIE.

Pour ma mere.

FÉNÉLON.

Pour sa mere! à l'instant portons-lui des secours.
Elle habite en ces murs? Guidez mes pas, j'y cours.

AMÉLIE.

Que vos jours soient bénis!

FÉNÉLON.

La douleur vous accable!
Où donc est votre mere?

AMÉLIE.

En ce cloître exécrable,
Au fond d'un souterrain, depuis quinze ans passés.

FÉNÉLON.

Et le ciel a permis ce que vous m'annoncez!

AMÉLIE.

Apprenez...

FÉNÉLON.

En chemin vous m'apprendrez le reste:
Tirons-la sans tarder de ce cachot funeste.

SCENE V.

FÉNELON, AMÉLIE, UN PRÊTRE, CLERGÉ.

LE PRÊTRE.

Monseigneur...

FÉNÉLON.

Laissez-moi, je sors pour un instant.

LE PRÊTRE.

Qui peut donc l'exiger?

FÉNÉLON.

Un devoir important.

LE PRÊTRE.

Le peuple est aux autels; songez que le temps presse;
Vous devez commencer l'hymne de l'alégresse:
On vous attend; venez.

FÉNÉLON.

Vous, plutôt suivez-moi:
Une femme périt dans un séjour d'effroi;
Du fond de son tombeau la victime m'appelle;
Mon cœur entend ses cris, et je vole auprès d'elle;
C'est mon premier devoir. Servons l'humanité,
Après nous rendrons grace à la Divinité.

Fin du troisieme acte.

ACTE IV.

SCENE PREMIERE.

HÉLOISE.

ISAURE ne vient point; mon ame impatiente
S'agite, se consume, et languit dans l'attente.
Aux charmes de l'espoir je n'ose me livrer:
Si long-temps malheureuse, est-ce à moi d'espérer?
Mais je suis mere encore, et je tiens à la vie.
Que devient mon enfant, mon aimable Amélie?
Qu'un ange bienfaiteur, daignant la protéger,
De ses jours innocents écarte le danger!
Qu'il conduise ma fille à l'ombre de son aile!
Qu'il lui montre sa route et marche devant elle!

SCENE II.

HÉLOISE, ISAURE.

HÉLOÏSE.

J'ENTENDS du bruit; venez; de grace instruisez-moi.

ISAURE.

Hélas!

HÉLOÏSE.

Vous gémissez! vous me glacez d'effroi !
Amélie....

ISAURE.

Apprenez...

HÉLOÏSE.

Dieu! votre cœur soupire!

ISAURE.

Ne craignez rien pour elle.

HÉLOÏSE.

Achevez; je respire.

ISAURE.

L'orage se prépare et va fondre sur nous.

HÉLOÏSE.

D'où naît cette frayeur? et que redoutez-vous?

ISAURE.

L'abbesse a vu de loin votre chere Amélie
S'enfuir avec horreur loin de ce cloître impie.

HÉLOÏSE.

Est-il vrai? mon enfant n'est donc plus en ces lieux?

ISAURE.

Elle en est déja loin.

HÉLOÏSE.

Soyez bénis, ô cieux!
Pour la premiere fois vous m'avez exaucée.
Quoi! ma tendre Amélie... elle n'est point blessée?

ISAURE.

Non, non; tous les dangers ont respecté ses jours;

Une invisible main lui prêtait son secours.
S'arrachant de vos bras, votre fille éplorée
Quitte ce sombre abyme, éperdue, égarée,
Traverse le jardin, vole, et, sans balancer,
Sur le mur aussitôt je la vois s'élancer;
L'éclair est moins rapide, et d'un faible treillage
Ses mains, ses pieds à peine agitaient le feuillage;
Monter, franchir le mur fut pour elle un instant:
Je la cherche des yeux, je l'appelle en tremblant;
Je ne la voyais point, et déja dans la rue
Sa voix me répondait quand je suis accourue.
Le ciel, a-t-elle dit, vient de me conserver;
Va rassurer ma mere, et je cours la sauver.

HÉLOÏSE.

Ô ma fille, ô mon sang, tu me rendras la vie!

ISAURE.

Des femmes de ce lieu craignez la troupe impie,
Elles vont nous punir; sans doute leurs fureurs
S'efforceront encor d'augmenter vos malheurs.

HÉLOÏSE.

Les augmenter! l'enfer n'oserait y prétendre.

ISAURE.

Dans ce noir souterrain je les entends descendre.

HÉLOÏSE.

Ma fille est loin d'ici; je ne sens plus d'effroi,

SCENE III.

HÉLOISE, ISAURE, L'ABBESSE, RELIGIEUSES.

HÉLOÏSE.

Monstres, après quinze ans enfin je vous revoi !
Contemplez mes tourments, venez vous satisfaire.

L'ABBESSE.

Nous venons découvrir un coupable mystere.
Isaure, en ce moment que faites-vous ici?

ISAURE.

Qui? moi?

L'ABBESSE.

Vous hésitez, mon doute est éclairci.

ISAURE.

J'arrivais.... j'annonçais....

L'ABBESSE.

Le départ d'Amélie?

ISAURE.

De ce cloître à l'instant je sais qu'elle est partie.

L'ABBESSE.

Elle venait, dit-on, de ce sombre séjour.

ISAURE.

Vous croyez...

L'ABBESSE.

On l'a vue.

ISAURE.

Ô trop malheureux jour !

Il est vrai... punissez...

L'ABBESSE.

Oui , vous serez punie.

HÉLOÏSE.

Grand Dieu, tu n'es point las de tant de tyrannie?

ISAURE.

C'est contre mon aveu...

L'ABBESSE.

Croyez-vous m'abuser?

Isaure , il n'est plus temps de me rien déguiser:

C'est par vous qu'Amélie en ces lieux fut conduite ,

Et vous avez encor favorisé sa fuite.

HÉLOÏSE.

Elle a fait son devoir : est-ce un crime odieux

De sauver un enfant si cher , si précieux?

L'ABBESSE.

Ainsi vous connaissez, vous aimez Amélie?

HÉLOÏSE.

N'est-ce pas dans mon sein qu'elle a puisé la vie?

L'ABBESSE.

Qui vous a dévoilé ces importants secrets?

HÉLOÏSE.

La nature et nos cœurs. Je sais tous vos forfaits.

L'ABBESSE.

Rougissez , et cachez votre honte éternelle.

HÉLOÏSE.

C'est moi qui dois rougir? moi qui suis criminelle?
Ah! regardez le ciel, barbare, et jugez-vous.
S'il daignait aujourd'hui décider entre nous,
De l'arbitre éternel si l'arrêt redoutable
De nous deux à l'instant frappait la plus coupable,
Si le foudre vengeur tombait pour l'accabler...
Vous vous rendez justice, et je vous vois trembler.

L'ABBESSE.

Est-ce vous qui parlez? et que viens-je d'entendre?
A vous justifier oseriez-vous prétendre?
Avez-vous oublié qu'un amour criminel
Vous a fait mériter l'abandon paternel;
Que la soumission, dans votre sort funeste,
Peut seule désarmer la vengeance céleste?

HÉLOÏSE.

Et vous, par quels moyens la désarmerez-vous?
Qui pourra vous sauver de l'immortel courroux
Lorsque vous rendrez compte au Dieu de la nature
Des tourments qu'a soufferts sa faible créature?
Mon crime fut d'aimer; le vôtre est de haïr.
Dieu créa les mortels pour s'aimer, pour s'unir;
Ces cloîtres, ces cachots ne sont point son ouvrage :
Dieu fit la liberté; l'homme a fait l'esclavage.
Mais l'esclave ne porte aux pieds de l'Éternel
Qu'un hommage stérile, un encens criminel :
A ses vœux quelquefois si le ciel est propice,

C'est quand sa voix gémit et demande justice,
Quand l'infortune en pleurs, maudissant ses bourreaux,
N'a que Dieu pour témoin dans l'ombre des tombeaux.
Au cri du désespoir le monde est peu sensible;
Mais l'Être qui peut tout n'est jamais inflexible.

L'ABBESSE.

Jusqu'à quand, dites-moi, voulez-vous l'outrager?
Comment espérez-vous qu'il pense à vous venger?
L'Éternel, selon vous, prendra votre querelle!
C'est nous qu'il punira!

HÉLOÏSE.

N'en doutez point, cruelle:
C'est vous qui répondrez de mes longues douleurs;
Il comptera mes cris, mes sanglots et mes pleurs,
Les heures, les instants de mes jours déplorables;
Et tout retombera sur vos têtes coupables.
Si la bonté du ciel, la pitié des humains,
Ne m'arrachent bientôt à vos barbares mains,
Pour prix de mes malheurs, qu'aucune autre victime
Ne vienne après ma mort au fond de cet abyme
Déposer les chagrins de son cœur désolé
Sur la pierre insensible où mes pleurs ont coulé;
Qu'on ne retrouve plus dans le sein des familles
Des peres inhumains et bourreaux de leurs filles;
Que la religion, que vous déshonorez,
Ferme et détruise enfin ces cachots abhorrés;
Et que jamais un cœur ou faible, ou téméraire,

Que jamais nul mortel au pied du sanctuaire
Ne prête devant Dieu le serment insensé
D'être inutile au monde où ce Dieu l'a placé.
Vous, dont l'impiété depuis quinze ans m'opprime,
Que le remords vengeur, premier enfer du crime,
Vous ronge et vous déchire à vos derniers moments!
Puissiez-vous d'Héloïse envier les tourments,
Mourir dans l'abandon, seules, désespérées,
Sans appui, sans secours, de frayeur dévorées,
Et remplir de vos cris ces gouffres éternels
Créés pour les tyrans et les grands criminels!

L'ABBESSE.

Ainsi vous prodiguez le blasphême et l'outrage!
Et vous ne craignez pas...?

HÉLOÏSE.

Épuisez votre rage.

L'ABBESSE.

Nous pouvons tout ici; vous le savez trop bien.

HÉLOÏSE.

Ah! peut-être aujourd'hui vous ne pourrez plus rien.

L'ABBESSE.

A quoi tend ce discours? quelle est votre espérance?

HÉLOÏSE.

On va dans ce moment tenter ma délivrance.
Ma fille...

L'ABBESSE.

Doit trouver son juste châtiment:

On a suivi ses pas ; elle fuit vainement.

HÉLOÏSE.

Qu'entends-je?

L'ABBESSE.

A mes regards elle va reparaître.

HÉLOÏSE.

Quel sera son destin?

L'ABBESSE.

Je lui ferai connaître
Que Dieu punit les cœurs contre lui révoltés.

HÉLOÏSE.

Quoi! vous la punirez?

L'ABBESSE.

Les fers que vous portez,
Voilà son sort.

HÉLOÏSE.

Grand Dieu! ma fille infortunée...

L'ABBESSE.

Comme vous, loin de vous, doit languir enchaînée.

HÉLOÏSE.

Ma fille! Non, jamais, non, ne l'opprimez pas ;
Avant ce coup du moins donnez-moi le trépas.

L'ABBESSE.

Je vous vois maintenant plaintive et suppliante :
Votre fureur...

HÉLOÏSE.

Laissez ma fureur impuissante :
Le reproche est permis dans ma calamité ;

Mais vous, n'affectez pas l'insensibilité.[1]
Des mortels qui s'aimaient vous ont donné la vie ;
Vous aviez une mere et vous l'avez chérie ;
Eh bien! par ces parents, objets de votre amour,
Par le sein maternel qui vous a mise au jour,
Par les tendres égards que l'on doit à l'enfance,
Par le Dieu qui vous voit, qui pardonne à l'offense,
De ma chere Amélie ayez quelque pitié !
Puisque j'ai tant souffert, son crime est expié.
Ah ! ne repoussez point les sanglots d'une mere ;
Voyez mes pleurs couler, voyez tant de misere :
Ces pleurs, ces fers, ces maux, ceux que vous pouvez voir,
Ceux que vous concevez, quinze ans de désespoir,
Les horreurs de ma lente et pénible agonie,
Mon cœur oublîra tout en faveur d'Amélie ;
Oui tout : ne formiez plus le vœu de la punir :
Si vous lui pardonnez, je pourrai vous bénir.

L'ABBESSE.

Ah! cessez...

HÉLOÏSE.

Je me traîne à vos pieds que j'embrasse ;
Que la pitié vous parle ; accordez-moi sa grace ;
N'unissez pas ma fille à mes destins affreux :
Qu'elle ne souffre point, mon sort est trop heureux.

AMÉLIE, *hors du souterrain.*

Ma mere !

HÉLOÏSE.

C'est sa voix.

L'ABBESSE.

C'est elle qu'on ramène.
Il faut que de son crime elle porte la peine.
Je cours...

HÉLOÏSE.

Grace ! Pardon ! C'est trop de cruautés.
Vous voulez...

L'ABBESSE.
La punir ; et j'y vole.

SCENE IV.

HÉLOISE, ISAURE, L'ABBESSE,
AMÉLIE, FÉNÉLON, PRÊTRES,
RELIGIEUSES.

(*Les prêtres portent des flambeaux.*)

FÉNÉLON.

Arrêtez.

HÉLOÏSE, ISAURE, L'ABBESSE.
Ciel !

AMÉLIE, *courant aux genoux d'Héloïse.*
Ma mere !

HÉLOÏSE.
Amélie !

AMÉLIE.
On vient briser vos chaines.

FÉNÉLON.

Ô superstition! ô fureurs inhumaines!

AMÉLIE.

C'est Fénélon.

HÉLOÏSE.

Je tombe à vos sacrés genoux.
Pontife du Très-Haut, vous pleurez!

FÉNÉLON.

Levez-vous.

(*aux religieuses.*)

Levez-vous. Quel objet! Qu'avez-vous fait, cruelles?

L'ABBESSE.

Le ciel a de tout temps puni les cœurs rebelles;
Par d'éternels décrets son arrêt fut dicté.

FÉNÉLON.

Le ciel pardonne tout hors l'inhumanité.

L'ABBESSE.

Dieu même prescrivait ces rigueurs légitimes.

FÉNÉLON.

Toujours le ciel et Dieu quand on commet des crimes!
Ce Dieu vous a-t-il dit, Je veux être vengé?
Pourquoi punissez-vous avant qu'il ait jugé?
Pourquoi vous armez-vous d'une rigueur impie
Qu'accusent à-la-fois sa doctrine et sa vie?
Où vous a-t-il prescrit ces excès abhorrés?
Les avez-vous trouvés dans les livres sacrés?
Quel langage tient-il à la femme adultere?
Elle pleure à ses pieds : va-t-il dans sa colere

2.   20

Chercher pour la punir des tourments inconnus?
Il pardonne, et lui dit: Allez, ne péchez plus.
A ses yeux maintenant vous êtes les coupables:
Expiez vos forfaits par des remords durables.
Vous, hélas! dont j'ai su les destins inouis,
Puisque vous me voyez, tous vos maux sont finis;
Ce jour est le dernier de votre long supplice:
Ah! c'est au nom de Dieu que l'humaine injustice
Osa vous condamner à d'horribles revers;
Et c'est au nom de Dieu que je brise vos fers.

HÉLOÏSE.

Ô pitié douce et tendre! ô sagesse suprême!
Est-ce un homme, un pontife, ou l'Éternel lui-même?

L'ABBESSE.

Mais son pere, irrité d'un criminel amour,
Dans ce cloître sacré l'enferma sans retour:
Il nous transmit le droit...

FÉNÉLON.

D'inventer des supplices?
De la voir expirer, d'y trouver des délices?
De jouir de ses pleurs et de son long trépas?
C'est le droit des bourreaux, ne le réclamez pas.

HÉLOÏSE.

Que son langage est doux! que son ame est sublime!

FÉNÈLON.

Sortez de ce tombeau, triste et noble victime!
Je n'ai qu'un seul regret, il fait couler mes pleurs,
C'est de venir si tard terminer vos malheurs.

AMÉLIE, *à sa mere.*

Vous allez loin d'ici jouir de ma tendresse.

ISAURE, *douloureusement.*

Je ne vous verrai plus! vous partez ; on me laisse.

AMÉLIE.

Qui? vons? le seul trépas pourra nous séparer.
Il reste une victime encore à délivrer.

FÉNÉLON.

Comment?

HÉLOÏSE.

Oui. Cette femme est humaine et sensible ;
Trompant de mes bourreaux la vengeance inflexible,
Isaure a par ses soins adouci mon malheur,
Et de mes jours éteints ranimé la chaleur.

AMÉLIE.

Elle a pris soin des miens depuis que je suis née ;
Elle est par l'indigence au cloître condamnée.

FÉNÉLON.

Isaure, expliquez-vous ; quel est votre desir?

ISAURE.

De les suivre en tous lieux jusqu'au dernier soupir.

FÉNÉLON.

Eh bien! vous les suivrez.

ISAURE.

Héloïse! Amélie!

FÉNÉLON, *avec une surprise mélée de joie à*
ce nom d'Héloïse.

Qu'entends-je?

ISAURE.

Auprès de vous je vais passer ma vie.

FÉNÉLON.

Héloïse !

AMÉLIE.

Le ciel a comblé tous nos vœux.

FÉNÉLON.

Je prévois que ce jour fera bien des heureux.

L'ABBESSE.

Quoi ! pour nous insulter, prétendez-vous encore
Dissoudre les liens de l'infidele Isaure ?

FÉNÉLON.

Vous venez de l'entendre, elle hait ce séjour :
Elle est libre ; il suffit. Que ne puis-je en ce jour
Anéantir les vœux dictés par la contrainte,
Les serments du malheur, les liens de la crainte,
Tant de maux, de tourments, et de crimes sacrés,
Qui dévorent les cœurs d'un faux zele enivrés !

L'ABBESSE.

C'est moi qui répondrai...

FÉNÉLON.

         Je prends tout sur moi-même.

L'ABBESSE.

Songez-vous...?

FÉNÉLON.

         J'instruirai le pontife suprème.

L'ABBESSE.

Rompre dés vœux !

SCENE II.

FÉNÉLON, D'ELMANCE.

D'ELMANCE.

AMI, plus je vous vois, et plus je vous admire.

FÉNÉLON.

D'Elmance, finissez.

D'ELMANCE.

               Non, j'aime à vous le dire.
Si les prêtres toujours vous avaient ressemblé,
Le genre humain par eux eût été consolé ;
Le nom de Dieu n'eût pas ensanglanté la terre ;
Et ce théâtre affreux où triomphe la guerre,
Heureux par leurs vertus, soumis à leurs bienfaits,
Eût été le séjour d'une éternelle paix.
Votre religion n'est que l'amour des hommes.
Que cet exemple est beau dans les temps où nous sommes!
Quelles grandes leçons, tandis que sous nos yeux
Semblent recommencer les jours de nos aïeux,
Tandis que nous voyons aux deux bouts de la France
Le fanatisme ardent, l'aveugle intolérance,
Renouveler encor leurs antiques succès,
Et le glaive à la main verser du sang français !

FÉNÉLON.

C'est ainsi que de Dieu la loi pure et sacrée
Par ses persécuteurs se voit déshonorée!
A force d'attentats ils la feront haïr.

D'ELMANCE.

Hélas! tout me rappelle un cruel souvenir.
Que n'étiez-vous déja le chef de cette église
Alors que dans un cloître on plongeait Héloïse!
Le cœur de Fénélon, sensible à nos malheurs,
Eût entendu ses cris, eût deviné ses pleurs;
Elle n'eût point péri seule et désespérée
Loin de l'infortuné qui l'avait adorée:
Tous mes jours sont amers; tous mes jours seraient doux:
Je serais pere encore, et je serais époux.

FÉNÉLON.

Montrez-vous moins injuste envers la Providence:
Elle aura soin de vous, comptez sur sa clémence.

D'ELMANCE.

Où retrouver jamais le bien que j'ai perdu?

FÉNÉLON.

Que diriez-vous, ami, s'il vous était rendu?

D'ELMANCE.

Qui me rendra l'objet dont mon ame est éprise?
Songez que sur la terre il n'est plus d'Héloïse.
Plein de mon seul amour, à charge à l'amitié,
Je ne puis, Fénélon, qu'inspirer la pitié;
Rien ne ranimera ma languissante vie;

FÉNÉLON.

Le ciel repousse avec horreur
Des vœux qui ne sont point prononcés par le cœur.

L'ABBESSE.

Elle a fait un serment...

FÉNÉLON.

J'en ai fait un plus juste :
Quand je me suis chargé d'un ministere auguste,
J'ai fait serment au Dieu qui daigna m'appeler
D'essuyer tous les pleurs que je verrais couler;
Cette promesse est pure et doit être remplie.
Venez, sensible Isaure, et vous, jeune Amélie;
Prenez toutes les deux Héloïse en vos bras,
Au sein de mon palais guidez ses faibles pas.
Vous, si je n'écoutais la pitié, l'indulgence,
Sachez qu'elle obtiendrait la plus prompte vengeance;
Je pourrais des humains invoquer le courroux,
Et vous verriez les lois s'appesantir sur vous.
Je n'imiterai point votre rigueur sinistre,
Par respect pour celui qui m'a fait son ministre;
Mais rien de son pouvoir ne peut vous affranchir :
Le grand Juge vous voit; songez à le fléchir.

Fin du quatrieme acte.

20.

ACTE V.

SCENE PREMIERE.

FÉNÉLON, D'ELMANCE, CLERGE, PEUPLE.

FÉNÉLON.

CES applaudissements, ces transports d'alégresse,
Ces pleurs que vous versez, ces marques de tendresse,
Sans que je les mérite ont droit de m'émouvoir.
D'un homme et d'un prélat j'ai rempli le devoir:
Un autre, mes enfants, l'aurait fait à ma place,
Et ce n'est qu'à Dieu seul qu'il en faut rendre grace.
Il me guide en ces lieux, et dès mes premiers pas
Il ouvre à mes regards les gouffres du trépas;
Il descend avec moi dans le fond des abymes
Pour finir des revers, pour sauver des victimes.
Allez, et dans vos cœurs jusqu'au dernier moment
Conservez, citoyens, ce grand évènement;
Allez, dis-je, et jamais ne vous rendez coupables
Du forfait inhumain d'affliger vos semblables:
Peres, ne forcez point les vœux de vos enfants,
Et par religion ne soyez point tyrans.

C'est une fleur qui tombe, avant le temps flétrie.

FÉNÉLON.

Vos tourments, vos chagrins finiront en ce jour.

D'ELMANCE.

Eh quoi ! prétendez-vous m'arracher mon amour?
Le pourrai-je oublier? pensez-vous m'y contraindre?
Je vois couler vos pleurs ! oui, vous devez me plaindre.

FÉNÉLON.

Je pleure, mon ami, mais je ne vous plains pas.
On vous a d'Héloïse annoncé le trépas :
Écoutez-moi.

D'ELMANCE.

Grand Dieu ! qu'avez-vous à me dire?

FÉNÉLON.

Détrompez-vous, d'Elmance, Héloïse respire.

D'ELMANCE.

Elle respire ! ô ciel ! est-il vrai? dans quels lieux?
Courons, ne perdons pas des moments précieux.
Mais peut-être j'en crois une vaine espérance.

FÉNÉLON.

De ces transports soudains calmez la violence;
Vivez pour être heureux : vous êtes pere, époux;
Héloïse respire, ici, tout près de vous.

D'ELMANCE.

Ici ! je suis époux ! je suis pere ! qu'entends-je?
D'où vient dans mes destins ce changement étrange?

FÉNÉLON.

Cette jeune novice...

D'ELMANCE.

Eh bien?

FÉNÉLON.

Qui dans ces lieux

Tantôt vint présenter sa douleur à nos yeux,

C'est l'enfant d'Héloise, et vous êtes son pere.

D'ELMANCE.

Où suis-je?

FÉNÉLON.

Elle venait m'implorer pour sa mere,

Que la bonté du ciel a su vous conserver:

C'est votre épouse enfin que Dieu vient de sauver.

D'ELMANCE.

Quoi! dans ce souterrain?... depuis quinze ans?...

FÉNÉLON.

C'est elle.

D'ELMANCE.

Ô rage! ô fanatisme! ô vengeance cruelle!

Quinze ans!... Mais elle vit: quel heureux coup du sort!

Si ce n'est qu'une erreur, vous me donnez la mort.

FÉNÉLON.

Ce n'est point une erreur; je me suis fait instruire

Lorsque j'ai dans ces lieux pris soin de la conduire,

Avant d'aller au temple où j'étais attendu:

Des princes d'Arlemont son pere descendu

N'eut qu'elle d'héritiere aux rives de Provence;

On la nomme Héloise; elle épousa d'Elmance.

D'ELMANCE.

Ah ! déposons le poids de tant d'adversité :
Le malheur qui n'est plus n'a jamais existé.
Héloïse respire ! ô tendresse ! ô surprise !
C'est ici qu'est ma fille ! ici qu'est Héloïse !
Combien je vais l'aimer après tant de revers !
Que je vais la venger des maux qu'elle a soufferts !
Que tardons-nous ? Daignez me conduire auprès d'elle ;
Que d'Elmance enivré, que son époux fidele
Puisse encore à ses pieds lui redonner son cœur,
Dût-il en la voyant mourir de son bonheur.

FÉNÉLON.

Au nom du sentiment et vertueux et tendre
Que vous lui consacrez et qu'elle a droit d'attendre,
Devant elle d'abord laissez-moi vous nommer ;
Songez qu'au bonheur même il faut s'accoutumer :
A la mort, à l'oubli long-temps abandonnée,
De ses nouveaux destins elle semble étonnée ;
D'un époux si chéri l'aspect inattendu
Accablerait son cœur trop fortement ému :
Elle sera long-temps languissante, affaiblie ;
Hélas ! des maux sans nombre ont tourmenté sa vie.
Par tant d'évènements agitée en ce jour,
Celle que vous aimez repose en ce séjour.
Je veux à son réveil lui parler de d'Elmance,
Raconter sa tendresse, annoncer sa présence.
Tandis qu'à vous revoir je vais la préparer,

Dans la chambre prochaine il faut vous retirer.

D'ELMANCE.

De tous ses mouvements mon cœur sera-t-il maître?

FÉNÉLON.

Je vous avertirai quand vous pourrez paraître.

SCENE III.

FÉNÉLON, D'ELMANCE, ISAURE.

ISAURE.

MONSEIGNEUR, pardonnez si j'ose vous troubler;
Héloïse en ces lieux demande à vous parler.

D'ELMANCE.

Quel instant! je succombe à l'excès de ma joie.

FÉNÉLON.

Elle approche. Fuyez; gardez qu'on ne vous voie.

SCENE IV.

FÉNÉLON, HÉLOÏSE, AMÉLIE, ISAURE.

HÉLOÏSE, *soutenue par Amélie et Isaure.*

Ô TERRE des vivants, salut, heureux séjour!
Je puis donc te revoir, astre brillant du jour!

Que ses rayons sont purs! que la nature entiere
S'embellit à mes yeux de sa douce lumiere!

FÉNÉLON.

Héloïse, approchez; vous voulez me parler:
J'écoute. Asseyez-vous. Qu'avez-vous à trembler?

HÉLOÏSE.

Pontife aimé du ciel, votre sainte présence
Me remplit de respect et de reconnaissance.

FÉNÉLON.

Je crois pouvoir encor vous servir aujourd'hui.

HÉLOÏSE.

Le faible en tous les temps trouve en vous un appui;
Je le sais, je le vois.

FÉNÉLON.

Daignez enfin me dire
Quel sujet maintenant près de moi vous attire.

HÉLOÏSE.

Vous connaissez mon nom, le rang de mes aïeux,
Les champs où le soleil vint éclairer mes yeux,
Les nœuds que j'ai formés au sein de ma patrie,
Et le nom de l'époux à qui j'étais unie;
Vous voyez cet enfant, fruit d'un lien si doux:
Ne pourrai-je savoir le sort de mon époux?
Ne peut-on m'éclairer sur le destin d'un pere
Dont l'orgueil inflexible a causé ma misere?

FÉNÉLON.

Votre pere autrefois tyrannisa vos jours;

Les siens dans le remords ont terminé leur cours.

HÉLOÏSE.

Il ne vit plus! Son cœur repoussait mes tendresses;
Sa malheureuse fille ignorait ses caresses;
Jamais dans ses rigueurs il ne s'est démenti:
Je lui pardonne tout puisqu'il s'est repenti.

FÉNÉLON.

D'Elmance....

HÉLOÏSE.

Eh bien? parlez.

FÉNÉLON.

Voit encor la lumière.

HÉLOÏSE.

La main de mon époux fermera ma paupiere!
Je ne demande point s'il pense encore à moi:
Je n'ai point le desir de contraindre sa foi;
Sans retour, sans espoir j'étais ensevelie;
Un bien qu'on n'attend plus facilement s'oublie.
Il a pu loin de moi former des nœuds plus beaux,
Quand je le regrettais dans l'ombre des tombeaux.
J'ai vu s'évanouir ma plaintive jeunesse;
Mon amour ne veut point offrir à sa tendresse
Quelques jours languissants, rebut de la douleur,
Et des attraits flétris par quinze ans de malheur;
Mais je veux le rejoindre au sein de ma patrie,
Le revoir, lui montrer celle qu'il a chérie,
Attendre près de lui l'instant de mon trépas,

Lui remettre sa fille, et mourir dans leurs bras.

FÉNÉLON.

Ne portez point vos pas aux rives de Provence;
Votre époux a quitté le lieu de sa naissance.

HÉLOÏSE.

Et sait-on sur quels bords il respire le jour?

FÉNÉLON.

Il a dans ces remparts établi son séjour.

HÉLOÏSE.

Dans Cambrai, dites-vous? Il venait pour me suivre.

FÉNÉLON.

Pour vous pleurer, du moins: il croyait vous survivre.

HÉLOÏSE.

Quoi! si près d'Héloïse il ignorait son sort?

FÉNÉLON.

On avait à d'Elmance annoncé votre mort.

HÉLOÏSE.

Il a formé peut-être un nouvel hyménée.

FÉNÉLON.

Sa main depuis ce temps n'a point été donnée.

HÉLOÏSE.

Je suis loin de son cœur; il a dû m'oublier.

FÉNÉLON.

Son cœur vous appartient; vous l'avez tout entier.

HÉLOÏSE.

Ciel! à mon souvenir il trouve encor des charmes!

FÉNÉLON.

Il vous nomme sans cesse en répandant des larmes.

HÉLOÏSE.

Je respire. D'Elmance est donc connu de vous?

FÉNÉLON.

La plus tendre amitié m'unit à votre époux.

HÉLOÏSE.

A Cambrai dans ce jour a-t-elle pris naissance?

FÉNÉLON.

Ce sont des nœuds formés au temps de notre enfance.

HÉLOÏSE.

Et vos yeux ont revu mon époux aujourd'hui?

FÉNÉLON.

Ici même, à l'instant, j'étais auprès de lui.

HÉLOÏSE.

Auriez-vous sur mon sort observé le silence?

FÉNÉLON.

J'ai dit votre infortune et votre délivrance.

HÉLOÏSE.

Comment a-t-il appris cet étonnant récit?

FÉNÉLON.

Avec tous les transports d'un cœur qui vous chérit.

HÉLOÏSE.

Quand viendra-t-il revoir l'épouse la plus tendre?

FÉNÉLON.

A l'heure où nous parlons il peut déja l'entendre.

HÉLOÏSE.

Expliquez-vous. D'Elmance....

FÉNÉLON.

Est proche de ces lieux.

HÉLOÏSE.

Pourquoi ne vient-il pas? Qu'il paraisse à mes yeux.

SCENE V.

FÉNÉLON, D'ELMANCE, HÉLOISE, AMÉLIE, ISAURE.

D'ELMANCE.

HÉLOÏSE!

HÉLOÏSE.

C'est lui !

AMÉLIE, ISAURE.

Ciel!

HÉLOÏSE.

Mon époux!

AMÉLIE.

Mon pere!

HÉLOÏSE.

Aimez-la bien, d'Elmance ; elle a sauvé sa mere.

D'ELMANCE.

Ô ma fille !

HÉLOÏSE.

Embrassez l'enfant de notre amour.

Hélas ! loin de vos yeux elle a reçu le jour.

D'ELMANCE.

Que vous avez souffert ! Des monstres que j'abhorre...

HÉLOÏSE.

Non , je n'ai rien souffert si vous m'aimez encore.

D'ELMANCE.

Je prétends vous venger ; la loi doit les punir.

HÉLOÏSE.

D'Elmance , je n'ai plus la force de haïr.
Mon cœur , las de tourments , fatigué de vengeance ,
Est tout à la tendresse , à la reconnaissance.

(*en lui montrant Isaure.*)

Celle que vous voyez , par ses heureux secours ,
Dans le sein de l'abyme a prolongé mes jours ;
Elle a veillé sur moi , veillé sur Amélie ;
Mon sort sera le sien ; c'est ma plus tendre amie.

ISAURE.

Tant que j'existerai puissé-je vous servir !

D'ELMANCE.

En ce jour fortuné je dois tous vous bénir ;
Vous sur-tout , Fénélon , grand homme , ami fidele ,
De la simple vertu rare et touchant modele ;
Vous avez....

FÉNÉLON.

　　　J'ai rempli les décrets éternels :
Le ciel a réparé les crimes des mortels.
Ainsi , dans tous les temps , sur la terre où nous sommes ,
Le bien vient de Dieu seul , et le mal vient des hommes.

À ses yeux maintenant j'unis vos chastes mains.
Aimez-vous ; c'est la loi qu'il impose aux humains :
Cette loi pour vos cœurs sera toujours sacrée.
Héloïse, oubliez une chaîne abhorrée :
Vous renouvellerez au pied de nos autels
Des nœuds plus doux, plus saints, plus faits pour les mortels.
Vos malheurs publiés vaincront le fanatisme ;
La fin de vos revers confondra l'athéisme ;
L'infortune, en secret se nourrissant de pleurs,
Saura qu'il est un Dieu témoin de ses douleurs,
Qu'il faut se résigner devant la Providence,
Et qu'il n'est jamais temps de perdre l'espérance.

FIN DU DEUXIEME TOME.

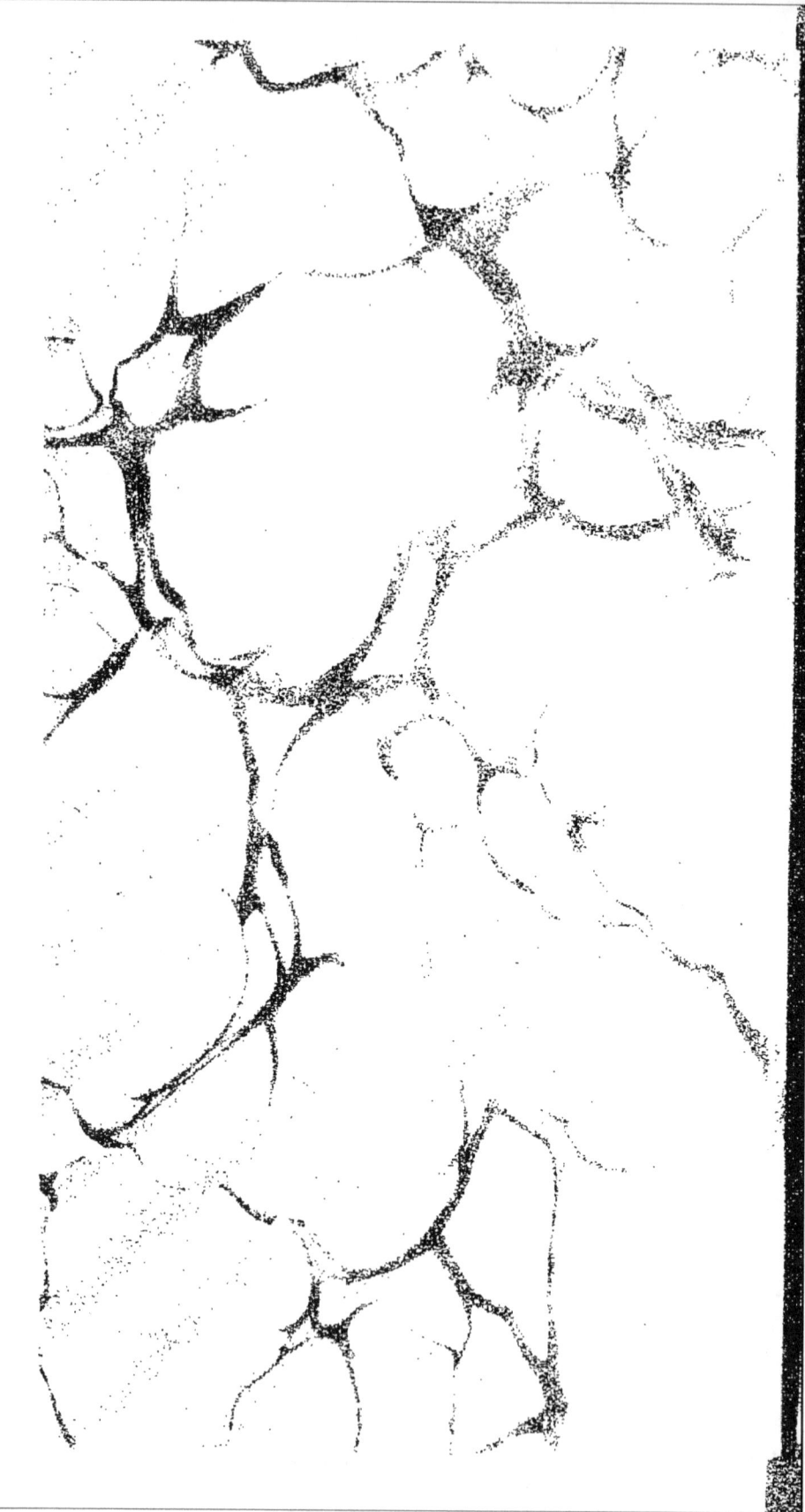

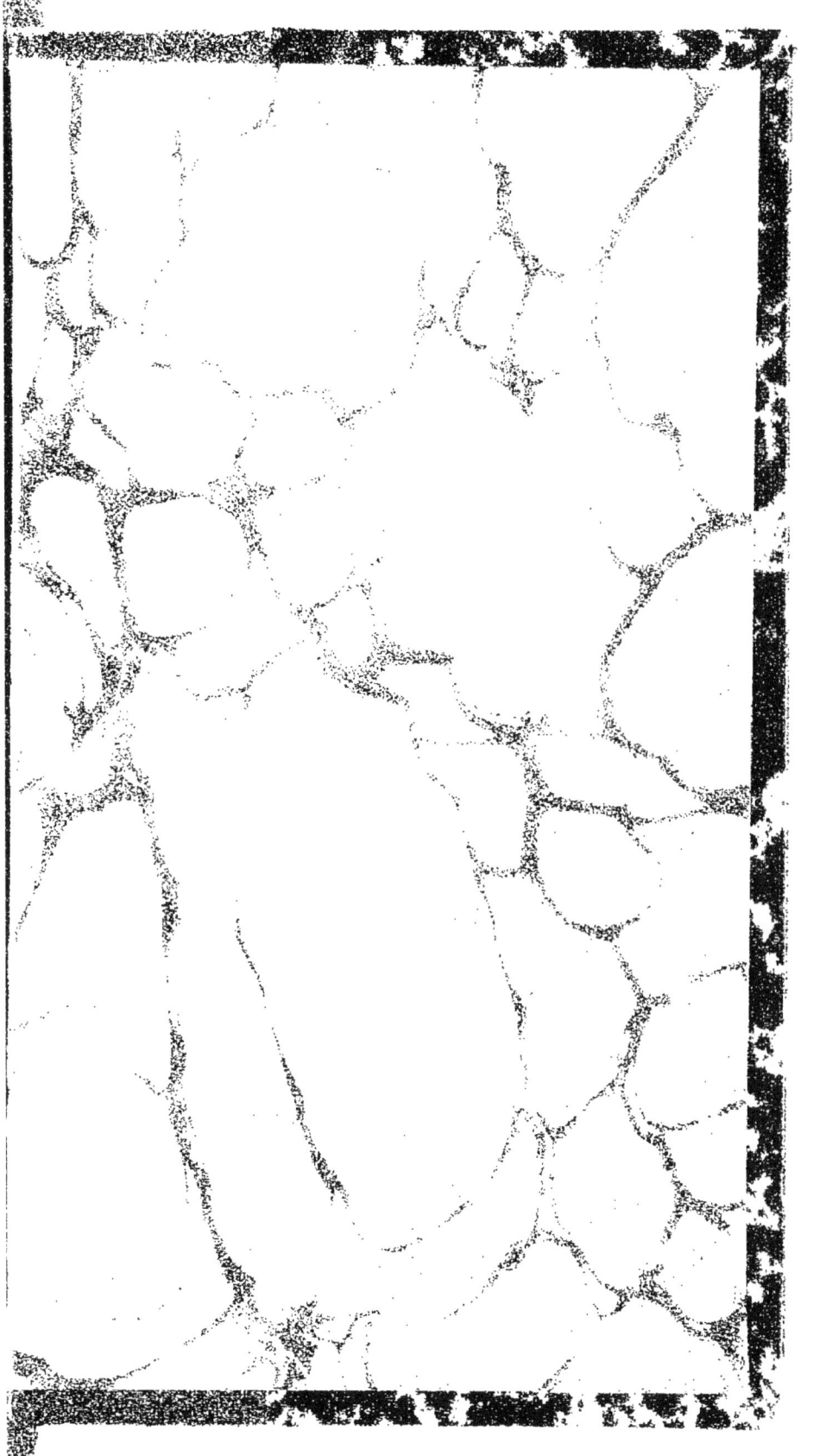

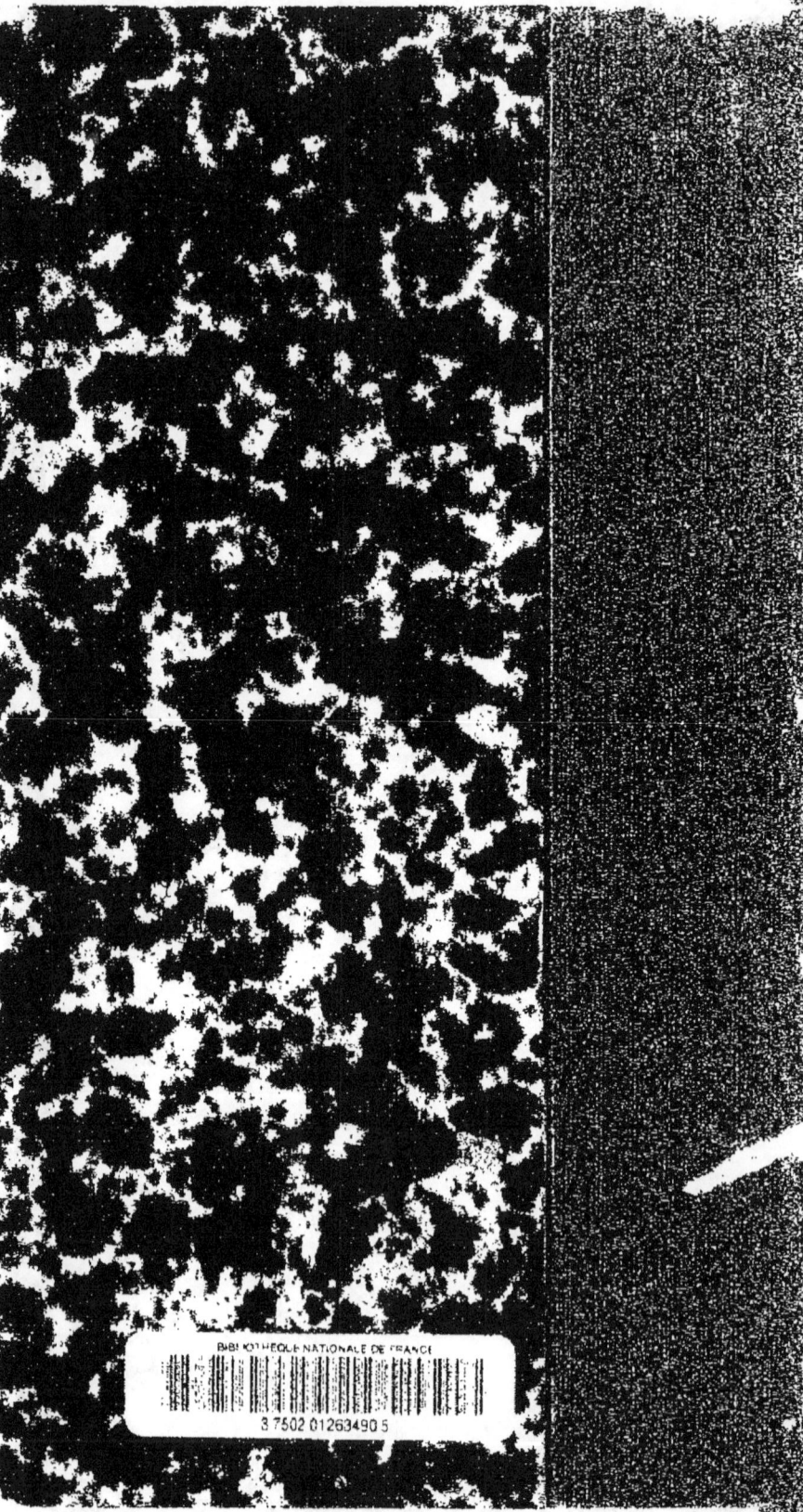

www.ingramcontent.com/pod-product-compliance
Lightning Source LLC
Chambersburg PA
CBHW070452030726
47503CB00004B/1006